MALPERTUIS

Première édition : Les Auteurs associés, Bruxelles, 1943.

Illustration de couverture : Denis Schmit
Imprimé en Belgique
ISBN 2-8040-0902-5
D/1999/258/9

Publié avec l'aide de la Communauté française de Belgique.

Jean Ray

Malpertuis

Histoire d'une maison fantastique

Préface de John Ballister
Lecture de Joseph Duhamel

LABOR

PRÉFACE

Cette maison me hante!

Bien sûr, d'autres demeures, issues de la littérature de l'étrange, sont dans ma mémoire. Certaines le sont pour toujours. Je n'oublierai jamais la maison aux sept pignons de Nathaniel Hawthorne ni la maison hantée d'Alberto Savinio: je frémirai immanquablement à l'évocation de la maison possédée de Sax Rohmer ou de la maison Usher d'Edgar Poe ; je me crisperai chaque fois que je songerai à la maison de la sorcière de Howard Philip Lovecraft ou à la maison au bord du monde de William Hope Hodgson.

Mais Malpertuis me hante!

Cette hantise est sans doute due au malaise que j'ai éprouvé, comme tout lecteur, la première fois que j'ai découvert cette façade avec « ses énormes loges en balcon, ses tourelles crucifères, ses sculptures grimaçantes de guivres et de tarasques, et ses portes cloutées ». Elle vient surtout du trouble que j'ai ressenti en apprenant ce qui se passe à l'intérieur de cette maison maudite où éclate une rage infernale.

Mais, comme chacun le sait, il ne suffit pas de créer la terreur ; il faut l'imposer au lecteur ; il faut faire du lecteur un homme inquiet. C'est ce que je suis devenu au fil des pages de ce roman qui semble avoir pour unique finalité de faire sombrer l'esprit dans la confusion des ténèbres, dans l'indéterminé, dans le mélange de trop et de rien.

Comment garder ses repères quand on se trouve face à des êtres à formes humaines hideusement naines, *dont la taille ne dépasse pas celle d'un rat ordinaire, puis, tout à coup, sous la griffe d'un oiseau* démesuré *qui surgit de la nuit et se dresse avec fureur ? Comment prendre l'exacte mesure de ce qui se passe, quand on est plus vivement surpris par le* tintement *argentin de verres et d'instruments d'acier que par les immenses* rumeurs *qui agitent les fenêtres comme des rafales ? Comment savoir encore où l'on en est – dans l'espace et dans le temps – quand on s'aperçoit que Malpertuis, cette maison immense et noire comme une montagne, est en fait un effroyable labyrinthe : quand on réalise soudain que s'achèvent là, au cours d'un mois qui a pris peu à peu la perspective de plusieurs années, des agonies monstrueuses, commencées il y a des siècles ?*

Le lecteur, assurément, ne peut que perdre pied devant de telles étrangetés. Les unes sont dues au fait qu'on se trouve là entre deux mondes : l'humain et l'animal forment la double nature d'un abbé lycanthrope, un couple se transforme en deux énormes rats aux pattes griffues, une créature bizarre émet des sons qui font penser au claquement de bec d'un engoulevent crépusculaire... Les autres proviennent de ce qu'on est en un lieu où se mêlent et se confondent deux dimensions du monde : ce qui est proche menace autant que ce qui est lointain ; le minuscule trouble autant que l'énorme ; le ténu perturbe autant que le spectaculaire.

La position de celui qui essaie de comprendre tout cela devient vite intenable : devant ce que les textes ici rassemblés lui présentent comme un mélange inextricable de cauchemar et de réalité, il a du mal à trouver une cohérence.

Il ne maîtrise plus sa lecture.

Il se trouve dans la situation fascinante et dangereuse que connaissent tous les intervenants qui tentent, dans leurs récits confus et leurs témoignages fébriles, de percer les ténèbres de Malpertuis. Cette fièvre-là, le lecteur la connaît aussi. C'est celle de la découverte et du cauchemar.

C'est celle qu'on ressent lorsque, comme chacun des narrateurs, on découvre l'histoire de cette maison fantastique qui évoque, sans trop de clarté, les inquiétantes figures qui couvrent la façade : des calmars, des guivres, des herpétons, des chiens oreillards et des renards... Malpertuis tire son nom d'une infecte tanière ! On en a lentement la preuve, dans une sorte d'incertitude (qui pourrait bien faire sombrer l'esprit) : devant le seuil de cette sombre demeure, on est là, interdit, à deviner un monde béant, jamais vu et pourtant très ancien.

Comme Jean-Jacques Grandsire, dont le témoignage représente la part la plus importante de cette liasse de feuillets qui nous sont donnés à lire, on frémit quand s'ouvre la porte de Malpertuis : on ne sait ce qui l'emportera, de la fascination ou de la répulsion, on hésite entre la hâte de savoir et la peur de savoir, on passe d'un geste d'incitation à un mouvement de refus...

Et l'on finit, à l'image de ce témoin privilégié dont on se sent de plus en plus proche, par trouver qu'au *centre de ces ténèbres effrayantes, l'angoisse est « étrangement délicieuse ». Échappe-t-on pour quelques instants à la démence qui s'est emparée de cette maison ? On en vient semblablement à se dire : « l'angoisse, l'épouvante même me manquent » ! On y retourne donc, car la part nocturne de l'imagination est la plus forte. On attend que Malpertuis se transforme en tombe, en caverne ou en gouffre. Et ce qu'on imagine dépasse finalement en horreur ce qu'on y voit, car ce qu'on y voit – des « formes hideuses », de « repoussantes choses organiques » ou d'« effroyables grimaces » aussitôt disparues – est à peine esquissé, n'a guère de forme et, pour tout dire, n'existe que comme apparition.*

Comme tous les lecteurs de ce récit fiévreux, j'essaie d'en savoir plus, de percer l'ultime secret. Les silences de cette maison me fascinent. J'y reviens sans cesse. Longuement. Attentivement. Malpertuis reste un mystère, pas à pas.

Sa présence s'impose à moi avec la force lancinante d'une énigme non résolue, avec la trouble ténacité des peurs anciennes qu'on croit effacées...

« Tu quitteras Malpertuis, mais Malpertuis te suivra dans la vie. »

John Ballister
(trad. Jacques Carion)

Je dédie ce livre à mon bon confrère et ami Jules Stephane, l'un des Auteurs Associés.

Pour Stanislas-André Steeman, un autre des Auteurs Associés*:*

À la page 111 de votre Mannequin assassiné *vous avez écrit :*
Il faudrait jeter cette maison par terre : elle me fait l'effet d'un monstrueux éteignoir. Le passé la ronge comme un cancer. Je ne puis cependant faire sauter la baraque, comme nous nous y essayions lorsque nous étions gosses.
Ces mots, Steeman, me hantent. Je devrais poser "Malpertuis" sous leur signe si j'en avais le droit. Mais les plus redoutables projectiles auraient beau faire fougasse dans son ombre, ils ne feraient pas frémir les vitres de sa façade.

J. R.

INVENTAIRE
EN GUISE DE PRÉFACE
ET D'EXPLICATION

L'affaire du couvent des Pères Blancs ne fut pas mauvaise.

J'aurais pu faire main basse sur bien des choses précieuses mais, pour être un indévot, je ne suis pas un incroyant, et l'idée seule de m'emparer d'objets du culte, même s'ils sont d'or et d'argent massifs, m'emplit d'horreur.

Les bons moines pleureront leurs palimpsestes, incunables et antiphonaires disparus, mais ils loueront le Seigneur d'avoir détourné une main impie de leurs ciboires et de leurs ostensoirs.

J'ai cru que la lourde gaine d'étain que je découvris dans une cachette de la bibliothèque monacale devait contenir quelques coûteux parchemins dont un collectionneur sans grand scrupule m'aurait donné gros, mais je n'y trouvai qu'un gribouillis dont je remis la difficile lecture à des jours à venir.

Ils vinrent à l'époque où le produit de mon expédition fit de moi un homme aisé aux aspirations calmes et régulières. Il n'y a que la fortune pour faire d'un ruffian un honnête homme, soumis aux lois des hommes.

Je dois quelques explications quant à ma propre personne. Elles seront brèves car ma vie passée exige la discrétion.

Les miens me destinaient à l'enseignement. J'ai passé par l'École Normale où je fus bon élève. Je regrette fort de ne pouvoir faire état d'une thèse philologique qui me valut les vives félicitations des examinateurs. Cela explique l'intérêt que j'ai porté à ma trouvaille et l'obstination que j'ai mise à résoudre un problème aux données formidablement mystérieuses. Si j'en fus récompensé d'une façon des plus fantastiques, il n'y a vraiment pas de ma faute.

Quand j'eus vidé le tube d'étain et que je vis ma table encombrée de paperasses jaunies, il me fallut faire un retour vers la patience et la curiosité bénédictines de ma jeunesse pour me mettre à l'ouvrage. Au début, ce ne fut qu'une sorte d'inventaire.

En effet, l'ensemble de ces feuillets, s'il avait dû être soumis à un éditeur, eût constitué un ouvrage de dimensions colossales et d'intérêt minime, tant il eût été encombré de digressions oiseuses, d'aperçus étonnants et d'étalage de sciences douteuses.

Il me fallut trier, classer, éliminer.

Quatre mains frémissantes de fièvre, sinon cinq, ont collaboré à la rédaction de ce mémoire de mystère et d'épouvante.

La première main est celle d'un aventurier de génie qui fut homme d'Église car il portait le petit collet. Je l'appellerai Doucedame-le-Vieil pour le distinguer d'un de ses descendants de même nom, portant également la robe sacrée : l'abbé Doucedame. Ce dernier fut un prêtre saint et digne de vénération. Lui aussi collabora au mémoire contant l'histoire de Malpertuis. Il fut en quelque sorte le porte-flambeau de la vérité dans ces ténèbres hantées. Ainsi, Doucedame-le-Vieil est le premier des quatre — sinon cinq — auteurs du mémoire et Doucedame-le-Jeune en est le troisième. D'après mes calculs, l'aventure de Doucedame-le-Vieil se situe dans le premier quart du siècle dernier : la lumière qu'apporta son petit-fils, l'abbé Doucedame-le-Jeune, semble s'être allumée dans le début du dernier quart.

Un jeune homme d'excellente éducation et, à mon avis, de belle culture, mais marqué au fer rouge du malheur est le second auteur du mémoire. C'est à lui que nous sommes redevables du noyau de l'histoire.

Tout gravite autour de lui en orbes tumultueux et redoutables. A la lecture des premières pages dues à sa main, j'ai cru à un journal comme en tenaient au siècle dernier les jeunes gens enthousiasmés par le *Voyage sentimental* de Sterne. Je me détrompai quand, lentement, mon travail prit corps. Je découvris alors qu'il ne s'était confié au papier que dans la détresse, dans la prescience d'un prochain adieu à la vie.

Un petit cahier, couvert d'une écriture appliquée, se trouvant dans la gaine de métal, porte le nombre des collaborateurs à quatre.

Il est de la main de Dom Misseron, un défunt abbé du couvent des Pères Blancs où j'effectuai la fructueuse expédition qui me valut de découvrir le tube d'étain. À la dernière page du cahier, une date était écrite, comme un repère rigidement immobile dans la fuite éperdue du temps : 26 septembre 1898 !

En cinquième et dernier lieu, je suis obligé de me mettre au rang des scribes qui, sans se connaître ou presque, ont donné à Malpertuis une place dans l'histoire des terreurs humaines.

~

En tête de ce mémoire, je place un bref chapitre dont l'auteur est certainement Doucedame-le-Vieil, bien qu'il n'y parle pas à la première personne. C'est l'identité de l'écriture avec celle d'autres lignes dont cet homme de profonde connaissance, mais de sombre malice, s'assigne la paternité qui me le fait croire. À mon idée, ce prêtre renégat avait décidé d'écrire un récit d'aventures véridiques, présenté d'une façon objective, où son propre personnage n'aurait pas été épargné davantage que les autres mais où, au contraire, il se serait plu, cyniquement, à se barbouiller d'ombre et de scélératesse.

Mais le désordre de sa vie le fit, sans aucun doute, renoncer à ses intentions écrivassières et il s'est contenté de laisser quelques pages, néanmoins de grand intérêt pour l'histoire de Malpertuis.

J'ai conservé le titre qu'il avait donné à ce début de récit que je reproduis ici, tel quel.

LA VISION D'ANACHARSIS

Vous aurez beau bâtir des églises, jalonner les chemins de chapelles et de croix, vous n'empêcherez pas les dieux de l'ancienne Thessalie de réapparaître à travers les chants des poètes et les livres des savants.

HAWTHORNE

Le brouillard se déchira et l'île, que la furie des brisants annonçait déjà de loin, parut, si terrifiante, que le marinier Anacharsis, cramponné à la barre, se mit à crier d'effroi.

Depuis plusieurs heures, sa tartane, la « Fena », courait à sa perte, attirée par l'aimant mortel de ce monstrueux rocher battu par de hautes vagues livides et couronné par la flamboyante colère de la foudre.

Anacharsis cria, car il avait peur de la mort qu'il voyait autour de lui depuis l'aube. La chute de l'antenne avait tué Miralès, son pilote, et, quand le petit navire prenait bande sur tribord, l'eau embarquée refluant, il voyait le cadavre du mousse Estopoulos, la tête prise dans le dalot.

La «Fena» n'obéissait plus au gouvernail depuis la veille au soir et la manœuvre de son patron était purement instinctive.

Celui-ci se rendait compte qu'il avait perdu complètement sa route, tant par dérive que par vents contraires et marées étrangères. Il ne se souvenait pas d'avoir jamais vu l'île, quoique la mer lui fût familière depuis bien des années.

De cette terre mortelle, déjà si proche, lui venait l'odeur affreuse des anagyres, herbes trois fois maudites, et il sut que les esprits impurs étaient mêlés à son aventure.

Il en fut tout à fait sûr quand il vit des formes flotter sur les chaperons du rocher. Elles avaient de repoussantes attitudes humaines et étaient, pour la plupart, géantes au-dessus de toute comparaison.

Elles étaient de sexe différent, à voir la force des unes, la beauté relative des autres. Les dimensions elles aussi différaient; d'aucunes même s'approchaient de la normale, d'autres semblaient naines et difformes, mais il se peut que l'éloignement eût une part dans ces dissemblances de la vision.

Immobiles toutes, elles fixaient le ciel tourmenté, figées en un horrible désespoir.

— Des cadavres, dit-il en un sanglot, des cadavres grands comme des montagnes!

Et, avec terreur, il détourna ses regards de l'une d'elles qui, dans sa formidable immobilité, restait empreinte d'une majesté indescriptible.

Une autre ne flottait pas mais faisait corps avec le roc. Elle était tordue d'angoisse et d'inhumaine souf-

france, son flanc béait comme une caverne et elle seule paraissait avoir gardé d'affreux frissons de vie et de mouvements. Une ombre planait sur elle mais, comme des écharpes de brume s'en emparaient par moments, le marinier ne put lui assigner une identité distincte.

Pourtant il aurait juré que c'était un oiseau de dimensions énormes. Il montait et descendait au gré de l'ouragan. Toutefois, il était visible qu'il veillait avec une avidité féroce sur la forme captive du rocher. À un certain moment même il chut du haut des airs sur la proie fantomale et, cruellement, la laboura des serres et du bec.

Un tourbillon se saisit de la tartane, la fit tournoyer comme un toton et la rejeta hors des brisants. Le tapecul et le beaupré furent rasés et le cadavre du mousse sauta par-dessus bord.

Un espar fonça sur Anacharsis et le frappa à la nuque.

Pendant quelque temps, il perdit la notion des choses et quand il reprit ses sens, il avait quitté la barre et s'agrippait au moignon du mât.

Il ne voyait plus l'île que le brouillard avait reprise, ni les hideuses formes flottantes, mais une figure féroce se penchait sur lui.

Il cria encore une fois, devant les yeux cruels et les babines retroussées, mais l'instant d'après il se rendit compte qu'il n'avait rien à en craindre puisqu'ils appartenaient à une figure de proue, fort vilaine certes, mais sans intention meurtrière.

La figure surmontait une haute étrave aiguë qui se dressait par le travers de bâbord ; un moment après, la « Fena » reçut un formidable coup d'éperon et coula.

Mais à bord du navire abordeur on avait vu le marin

et un grappin, manié avec adresse, l'arracha au grand péril de la mer.

Anacharsis souffrait beaucoup, il avait les côtes brisées et une douleur épouvantable lui mangeait les hanches : le sang lui oignait les cheveux et la barbe, mais il souriait en se voyant allongé sur une couchette de matelot, dans un carré exigu qu'éclairait une lampe fixée au cardan. Des hommes le regardaient en causant entre eux.

L'un d'eux, un énorme noiraud, grattait d'un air perplexe sa puissante tignasse sombre.

— Que le démon me patafiole si je m'attendais à trouver une saleté de tartane perdue dans ces parages ! mugissait-il. Qu'en dis-tu ?

Celui à qui il s'adressait ne semblait pas moins surpris.

— Faudra le questionner, grommela-t-il, mais il doit parler un charabia auquel nous ne comprendrons rien. Appelez donc cette canaille de Doucedame : c'est un savant et, s'il n'est pas soûl comme une barrique, il en tirera certainement quelque chose.

Anacharsis vit s'approcher un bonhomme gras à lard, au visage furfuracé, aux yeux bigles et méchants, qui, en guise de bienvenue, lui tira la langue.

Il lui parla aussitôt dans le langage des îliens de l'archipel, qui était celui du marinier.

— Que viens-tu faire par ici ?

Anacharsis avait grand-peine à rassembler ses idées, encore plus à parler, car une montagne semblait lui écraser la poitrine, mais il surmonta sa souffrance pour plaire à ses sauveurs.

Tant bien que mal il raconta son histoire, la perte de

la route marine, la terrible tempête qui avait emporté la « Fena » loin des parages familiers.

— Dis-moi ton nom, ordonna l'homme qu'on appelait Doucedame.

— Anacharsis !

— Hein ? Répète ! cria le gros bonhomme.

— J'ai dit Anacharsis... C'est ainsi que nous nous appelons de père en fils !

— Jour de Dieu ! jura l'autre en se tournant vers ses compagnons.

— Qu'est-ce que cela peut te faire, Doucedame ? demande l'un d'eux.

— Je veux être condamné à avaler mon bonnet de nuit si ce n'est pas une prédestination !

— Explique-toi, plein de soupe ! ordonna l'homme noir.

— Un peu de patience, monsieur Anselme, répliqua le gros, avec un respect nuancé d'ironie, il faut recourir à ma mémoire et à mon savoir...

— Au diable les deux, maître d'école en rupture de gibet ! tonna M. Anselme.

— Anacharsis, expliqua Doucedame en faisant une révérence à quelqu'un d'invisible, est le nom de ce philosophe scythe qui, après avoir parcouru les îles de l'Attique, parut au VIe siècle avant le Christ, dans Athènes, où il voulut introduire le culte de Dèmèter, y compris celui de Pluton. Cela lui coûta cher, car on ne se mêle pas toujours impunément des affaires des dieux. On l'étrangla.

Le patron de la « Féna » qui ne comprenait rien à ce bavardage et qui sentait ses forces baisser, l'interrompit pour lui parler des formes terribles qu'il avait entrevues dans la brume de l'île.

Pour le coup, Doucedame se mit à crier et à gesticuler.

— Nous y sommes ! ricana-t-il. Je vous promets un plein chargement d'or, les amis. Anacharsis, porteur de la parole des dieux, s'est servi du dernier de ses descendants pour achever sa mission. Aha, les siècles et les millénaires ne comptent pas pour les fantômes !

M. Anselme était devenu grave.

— Fais donner des précisions quant à la dernière marche de sa tartane, ordonna-t-il.

— Plein sud, murmura le blessé quand Doucedame eut traduit leurs paroles.

— Et maintenant ?

— Nous ne pouvons nous charger de passagers inutiles, décida M. Anselme.

— Il était écrit que les Anacharsis finiraient étranglés ! s'esclaffa le gros Doucedame.

Anacharsis ne comprenait rien à ces mots, mais il lut son destin sur le visage inexorable des hommes à qui il devait une heure de vie.

Il murmura une prière qu'il n'acheva pas dans ce monde.

~

Avant de soumettre au lecteur la suite de la narration de Doucedame-le-Vieil, j'intercalerai ici la première partie du récit de Jean-Jacques Grandsire. Ce récit constitue, comme je l'ai dit plus haut, le noyau de l'histoire. C'est autour de l'épouvantable destin de Jean-Jacques Grandsire que gravite, en somme, toute l'horreur de Malpertuis.

Première partie

ALECTA

Chapitre premier

L'ONCLE CASSAVE S'EN VA

L'homme qui entre dans le mystère de la mort en laissant aux vivants le mystère de sa vie, a volé à la fois et la mort et la vie.

Stéphane ZANNOVITCH

L'oncle Cassave va mourir.

Sa barbe s'écoule, blanche et frémissante, de son visage plongé sur l'édredron rouge. Il aspire l'air comme s'il humait des odeurs parfaitement délectables et ses mains, qu'il a énormes et velues, griffent ce qui vient à sa portée.

La femme Griboin qui est venue lui apporter du thé au citron a dit:

— Il fait ses petits paquets.

L'oncle Cassave l'a entendue.

— Pas encore, femelle, pas encore, a-t-il ricané.

Quand elle fut partie, dans un remous de jupes apeurées, il a ajouté à mon adresse :

— Ce n'est pas que j'en aie pour longtemps encore, petit, mais après tout, mourir est une chose sérieuse, et il ne faut pas se presser.

Puis son regard s'est remis à errer par la chambre, s'arrêtant sur chaque objet, comme pour un ultime inventaire.

Tour à tour, il se repose sur un joueur de théorbe en faux bronze, un minuscule et fumeux Adriaan Brouwer, une gravure de quatre sous représentant une veilleuse et une Amphitrite de Mabuse de grande valeur.

On frappe et c'est l'oncle Dideloo qui entre.

— Bonjour, grand-oncle, dit-il.

C'est le seul de la famille qui appelle l'oncle Cassave grand-oncle.

Dideloo est un fonctionnaire, un méticuleux. Il a débuté dans l'enseignement, mais ses élèves le battaient.

Aujourd'hui qu'il est sous-chef dans une administration municipale, il n'existe pire bourreau pour les expéditionnaires travaillant sous ses ordres.

— Charles, dit l'oncle Cassave, faites-moi un discours.

— Volontiers, grand-oncle, si je ne craignais de vous fatiguer outre mesure.

— Dans ce cas, admirez-vous en silence, mais faites vite, je n'aime pas trop votre figure.

Le vieux Cassave va devenir méchant.

— Hélas, gémit l'oncle Dideloo, je suis obligé de vous entretenir de lamentables questions matérielles, grand-oncle. Nous avons besoin d'argent...

— Vraiment ? C'est étonnant !...

— Il nous faut payer le médecin...

— Sambucque ? Voyons, qu'on lui donne à manger et à boire, et qu'on le laisse dormir au besoin sur un sopha du salon, il n'en demandera pas davantage.

— L'apothicaire...

— Je ne vide aucune de ses fioles et n'ai jamais touché à ses poudres. Il est vrai que votre femme, la charmante Sylvie, qui souffre de toutes les maladies du dictionnaire médical, les emporte toutes.

— Bien d'autres choses encore, grand-oncle... Où trouverons-nous de l'argent ?

— Dans la troisième cave, sous la septième dalle, à neuf pieds quatre pouces de profondeur, se trouve enfoui un coffre plein d'or. Cela suffit-il ?

— Quel homme ! pleurniche l'oncle Dideloo.

— Je suis bien triste de ne pouvoir en dire autant de vous, Dideloo, et maintenant filez, hein... tête de lard !

Charles Dideloo me jette un regard torve et se faufile hors de la chambre, si mince et si menu qu'il lui faut à peine entrebâiller la porte.

Je suis installé dans un fauteuil à franges et à rouleau, le visage tourné vers le lit.

L'oncle Cassave me rend mon regard.

— Tourne-toi davantage vers la lumière, Jean-Jacques.

J'obéis. Le moribond me regarde avec une attention pénible.

— Il n'y a pas à dire, murmure-t-il après un examen assez long, tu es un Grandsire, malgré la perte de caractère de tes traits. Il a suffi d'un sang un peu tendre pour raboter la dure peau de tes ancêtres.

» Mais bah... ton grand-père Anselme Grandsire — M. Anselme comme on l'appelait au temps jadis — était un fameux coquin !

Cette injure lui était familière et je ne lui en gardais pas rancune, car je n'avais jamais connu ce grand-père si mal noté.

— Il est mort du béribéri, sur la côte de Guinée, sinon il serait devenu un plus grand coquin encore, continue l'oncle Cassave en riant, car il aimait la perfection en toutes choses !

La porte s'ouvre toute grande et ma sœur Nancy paraît.

Sa robe lui colle sur la peau et accuse des formes splendides ; son corsage, fortement échancré, ne fait aucun mystère de la richesse de sa chair.

Son visage, tout feu et tout sombre, trahit la colère.

— Vous avez renvoyé l'oncle Charles, dit-elle. C'est fort bien, que cela lui apprenne à s'occuper de ses propres affaires. Mais il avait raison, nous avons besoin d'argent.

— Toi et lui, c'est différent, réplique l'oncle Cassave.

— Bon, alors où est-il ? s'impatiente Nancy. Les Griboin n'en ont plus et il y a des fournisseurs qui envoient leurs notes.

— Il n'y a qu'à en prendre dans la boutique !

Nancy rit, d'un petit rire strident qui lui est propre et va bien à son genre de hautaine beauté.

— Depuis sept heures du matin, on a servi dix clients, pour quarante-deux sous au total.

— Et l'on dit que les affaires reprennent ! ricane le vieux. Mais qu'à cela ne tienne, ma toute belle. Retourne à la boutique, prends la petite échelle qui compte sept marches et monte sur la septième. Ne le fais pas en présence d'un client qui ne te dit rien, car tu portes les jupes bien courtes. Grande comme tu es, et juchée sur la septième marche, tu peux atteindre la boîte en fer-blanc qui porte pour étiquette « Terre de Sienne ». Enfonce tes belles mains blanches dans cette poudre sans promesses, ma douceur, et tu finiras par découvrir quatre ou cinq rouleaux bien lourds pour leur taille. Attends, ne te presse pas, ta présence m'est agréable. Si la terre de Sienne te glisse sous les ongles, tu en auras pour des heures à te faire les mains. Va, va, ma splendeur, et si dans l'obscurité de l'escalier Mathias Krook te pince les fesses, il est inutile de crier, je ne viendrai pas.

Nancy nous tire une langue rouge et pointue comme une flamme et part en claquant la porte.

Pendant quelques instants, on entend ses talons marteler les marches de l'escalier sonore, puis sa voix s'élève, furieuse.

— Cochon !

L'oncle Cassave rit.

— Ce n'est pas Mathias ! dit-il.

Une gifle claque.

— C'est l'oncle Charles !

Le vieillard est d'excellente humeur et, n'était son teint plombé et le soufflet pénible de sa poitrine, je ne le croirais jamais à l'article de la mort.

— Elle au moins est digne de son coquin de grand-père ! déclare-t-il avec une satisfaction évidente.

Le silence retombe dans la chambre, le soufflet de forge anime un brasier invisible, les mains griffent les couvertures avec un bruit de lime.

— Jean-Jacques ?

— Oncle Cassave ?

— Ce matin vous avez reçu, Nancy et toi, des nouvelles de votre père, Nicolas Grandsire ?

— Hier matin, mon oncle.

— Bien, bien, les jours comptent si peu pour moi. D'où est-elle venue, cette lettre ?

— De Singapour. Daddy est en bonne santé.

— Si, au cours des douze semaines que sa lettre a fait route, il n'a pas été pendu haut et court. Tudieu ! S'il revient jamais...

Il réfléchit, la tête penchée sur l'épaule, comme une étrange corneille.

— Il ne reviendra pas... Pour quoi faire en somme ? Les Grandsire sont nés pour courir grand largue sous le vent du monde et non pour moisir sous le toit des hommes.

La porte s'ouvre. Nancy revient, elle sourit et sa méchante humeur s'est envolée.

— J'ai trouvé cinq rouleaux, oncle Cassave ! dit-elle.

— C'est lourd, hein, l'or ? ricane l'oncle... Eh bien, tu en connais l'usage, il me semble ?

— Et comment ! répond Nancy avec effronterie.

Elle nous quitte et me lance, en fermant la porte :

— Jiji, Élodie t'attend dans la cuisine.

Dans l'escalier on l'entend rire doucement et pousser des gloussements de géline.

— Cette fois-ci, c'est Mathias ! dit l'oncle.

Il rit de bon cœur, bien que cette joie soulève une tempête de râles au fond de sa poitrine.

— Elle a dit cinq rouleaux ? Il y en avait six ! Aha, la digne fille de ce coquin d'Anselme Grandsire... J'en suis bien aise !

Ces visites, sa joie et ses discours l'ont visiblement fatigué.

— Va retrouver Élodie, petit, dit-il, d'une voix devenue soudainement lasse et lointaine.

Je ne demande pas mieux ; du fond des immenses et

noirs souterrains où se trouve installée une cuisine vaste comme une salle de conférences, monte l'odeur chaude des gaufres et le fin parfum du beurre fondu, additionné de sucre et de cannelle.

Je traverse un corridor d'une longueur démesurée, dont l'ombre se troue au mitan d'un faible carré de lumière.

Au fond d'un vestibule, baigné d'une mouvante clarté de gaz d'éclairage, un pan de boutique apparaît, lointain et irréel comme si on le regardait par le gros bout d'une lorgnette.

C'est une bien curieuse histoire que celle de cette officine accolée à une puissante maison de maître... Mais j'aurai bientôt l'occasion d'y revenir.

Je vois un haut comptoir de bois brun, des bocaux à piques, des régimes de sacs de papier et les silhouettes de Nancy et du commis Mathias, proches l'une de l'autre, trop proches peut-être.

Mais le spectacle ne m'inspire qu'un médiocre intérêt, l'appel gourmand de la cuisine est autrement impérieux que celui d'une vaine curiosité d'adolescent.

La chanson du beurre et le claquement des gaufriers impose sa note joyeuse au calme obscur de la soirée.

— Il est temps que tu viennes, clame ma vieille bonne Élodie, le docteur allait manger ta part.

— Elles sont bien bonnes, bien sucrées, comme je les aime, glousse une petite voix dans l'ombre.

Il n'y a pas d'éclairage au gaz dans la cuisine. Ce seul luxe, l'oncle Cassave l'a dévolu au magasin ; une lampe à mèche plate éclaire chichement la table et allume les blancheurs des assiettes. Sur le plateau de la cheminée, une chandelle à la flamme tarabustée par l'air chaud du fourneau éclaire le gaufrier de fonte noire.

— Comment va le malade ? continue la petite voix. Très bien, n'est-il pas vrai ?

— Il va donc guérir, docteur ?

— Guérir ? Qui vous parle de cela ? Mais non, mais non, Cassave est bien condamné par la Faculté. N'empêche que je veux faire quelque chose pour lui.

Dans la clarté de la lampe, une main décrépite et blême comme une cire brandit un carré de papier.

— Voici la constatation du décès et le permis d'inhumer *ad hoc*, prêts et dûment signés par moi. Je n'ai laissé en blanc que la date. Hier ils portaient encore comme cause de la mort : double pneumonie. Mais j'ai réfléchi et il m'a semblé que « mal de Bright » serait plus distingué.

» Je dois bien cela à mon vieux Cassave, n'est-il pas vrai ? Et maintenant, je reprendrais volontiers une de ces excellentes gaufres, ma bonne Élodie.

Ainsi parle le Dr Sambucque, dont l'oncle accepte les visites mais refuse les ordonnances.

Il est si petit, si chétif que, chapeau sur la tête, il arrive à peine à mi-visage d'Élodie, pas bien grande pourtant.

Sa figure est toute rides et coutures, le nez excepté qui jaillit hors de cette miniature chiffonnée, comme un cap de chair rose.

La main de cire devient singulièrement ferme quand elle découpe la gaufre en carrés réguliers qu'elle colmate ensuite de beurre et de mélasse.

— Je crois être son aîné, bien qu'on ne puisse rien dire de précis de ce cher homme, et il s'en va le premier, glousse joyeusement le vieux gourmand. C'est une chose consolante pour un homme de mon âge, car il semble que la mort vous oublie. Qui sait ? Il en est peut-être ainsi. Il y a quarante ans que nous sommes liés d'amitié vive et sincère. J'ai fait sa connaissance à bord du coche d'eau. Il venait de la chasse et avait tiré deux barges rouges. Je lui en fis mon compliment, car ce sont de beaux et difficiles coups de feu.

» Il m'invita à manger les barges avec lui. Je n'eus garde de refuser ! La barge rouge, quand elle est bien grasse, est plus fine encore que la bécasse, sa parente.

» Depuis, j'eus mes entrées, petites et grandes, à Malpertuis.

Malpertuis ! C'est la première fois que le nom coule, d'une encre lourde, de ma plume terrifiée. Cette maison imposée comme point final de tant de destinées humaines, par des volontés terribles entre toutes, j'en repousse encore l'image ; je recule, j'atermoie, avant de la faire surgir au premier plan de ma mémoire.

D'ailleurs, les personnages se présentent moins patients que la maison, pressés sans doute par la brièveté de leur terme terrestre. Après eux, les choses demeurent, comme la pierre dont se font les maisons maudites. Ils sont animés par la fièvre et la hâte des moutons qui se culbutent aux portes des abattoirs ; chandelles humaines, ils n'ont de cesse avant d'avoir pris place sous le grand éteignoir de Malpertuis.

Nancy fait sa froufroutante apparition dans la cuisine ; elle n'aime pas les gaufres et leur préfère les crêpes qu'elle déchire de ses cruelles dents blanches comme des morceaux de peau brûlante.

— Docteur Sambucque, questionne-t-elle, quand l'oncle Cassave va-t-il mourir ? Vous devriez le savoir.

— Fleur de mes songes, répond le vieux médecin, vous adressez-vous à Esculape ou à Tirésias ? Au guérisseur ou au guetteur d'étoiles ?

— N'importe, pourvu qu'il sache.

De son doigt de cire, Sambucque pique et repique l'air. Il appelle cela se remettre en mémoire le planisphère céleste.

— La Polaire est en place comme toujours. C'est la seule personne ordonnée de l'infini. Aldébaran allume son feu de tribord sous les Pléiades. Saturne rôde sur l'horizon qu'il empoisonne de son cyanure lumineux.

» Demi-tour... Le Sud est, en ce jour, plus bavard que le Nord, Pégase sent l'écurie de l'Hélicon, le Cygne chante comme si son ascension au zénith allait lui être mortelle, l'Aigle, les feux d'Altaïr dans les prunelles, cherche l'aire la plus proche du dieu des espaces, le Verseau fait le sale et le Capricorne...

— Assez, s'impatiente ma sœur, comme toujours vous ne savez rien.

— De mon temps, continue le docteur, changeant brusquement de sujet, on parfumait les gaufres à l'eau de naffe ; les dieux ne connaissaient de plus délicat régal. Ah oui, vous me parlez de l'excellent Cassave, ma rose, il en a pour huit jours encore, ce qui n'est que façon de mal parler, car, en réalité, il en faudra sept encore à sa belle âme pour s'élancer dans le rayonnement divin des astres.

— Âne, dit ma sœur, trois jours suffiront.

Ma sœur eut raison.

La femme Griboin pousse la tête dans la cuisine.

— Mamzelle Nancy, les dames Cormélon sont arrivées...

— Mettez-les au salon jaune...

— Mais, mamzelle, il n'y a pas de feu !

— C'est bien pour cela !

— Il y a également Mme Sylvie et sa fille qui viennent retrouver M. Charles.

— Au salon jaune !

Je me révolte soudain.

— Mais puisque Euryale accompagne tante Sylvie !

— Allons donc, feu ou glace, tempête ou calme plat, Euryale s'en moque comme le poisson de la pomme. Eh, la Griboin, le cousin Philarète est-il là, au moins ?

— Il est chez nous, dans notre cuisine, mamzelle Nancy, il boit la goutte avec Griboin, parce qu'il a le ventre froid, comme il dit.

— A-t-il achevé son travail pour l'oncle Cassave ? Sinon vous allez le mettre à la porte.

— La souris empaillée, oui, oui, mamzelle, il l'apporte et c'est joliment bien fait.

Le Dr Sambucque part d'un rire de bouteille, un glouglou qui s'obstine dans sa gorge.

— C'est la dernière pièce au tableau de chasse du brave Cassave !

» Une souris qui courait sur l'édredon et qu'il a gentiment étranglée entre le pouce et l'index. Il y a quarante ans, il tuait encore les barges rouges. Aha, aha !

— Tout le monde au salon jaune, ordonna Nancy, j'ai une communication à faire à ces gens.

La Griboin s'éloigne, traînant la savate.

— J'en suis ? demande le petit docteur avec ennui.

— Oui, finissez de dévorer votre gaufre.

— Dans ce cas, j'emporte une tasse de café additionné de rhum, avec beaucoup de sucre. À mon âge, un séjour dans le salon jaune vaut, par ses conséquences, une sieste dans une glacière, ronchonne Sambucque.

Le salon jaune est la plus vilaine, la plus pauvre, la

plus sinistre, la plus glaciale des pièces qui, sinistres et glaciales, se partagent l'intérieur de Malpertuis.

Deux chandeliers à sept branches l'éclairent bien mal, mais je suis certain que Nancy n'aura fait allumer que trois, peut-être quatre des torsades de cire.

Les gens qui s'y tiendront sur de hautes chaises à dossier droit ne seront que des ombres indistinctes, leurs voix y retomberont à plat, comme les rumeurs dans le désert, et jamais ils n'y diront que des choses lugubres, méchantes ou désespérées.

Nancy s'empare de la lampe à mèche plate, car les couloirs sont, à cette heure, bourrés de ténèbres opaques. Elle la posera à quelques mètres de la porte, sur le socle d'une statue du dieu Terme, car elle ne se soucie pas de donner un supplément de luminaire à tout ce monde qu'elle déteste.

— Je te laisse la chandelle, Élodie.

— Elle me suffit pour dire mon chapelet, accepte notre bonne.

L'assemblée du salon jaune est bien celle que j'attends, toute en silhouettes noires et indistinctes.

Installé sur la seule chaise basse à forme de prie-Dieu, il me faut quelque temps pour les reconnaître.

Les trois sœurs Cormélon occupent un sopha en reps noir, toutes en voiles d'un deuil sempiternel, trois mantes religieuses dans l'attente d'un insecte nocturne passant à leur portée.

Elles ne saluent personne, raides et immobiles, mais je sens leurs yeux braqués avec une froide fureur sur notre entrée.

Le cousin Philarète, mal habillé, grossier, nous crie, dès la porte ouverte :

— Bonsoir, tout le monde ! Voulez-vous voir ma souris ?

Il brandit une planchette où une forme grise et rose se tient collée.

— J'aurais voulu la présenter dans l'attitude d'un écureuil, mais ce n'était pas heureux, ni même joli joli, dit-il avec sa grosse jovialité d'homme simple.

Le ménage Dideloo se trouve dans la zone de lumière des chandeliers.

L'oncle Charles tient les yeux obstinément baissés sur ses bottines luisantes, la tante Sylvie, quelconque, neutre, en grisaille, nous sourit d'une lèvre molle et, à son moindre geste, la cuirasse de jais de son corsage frémit et crépite.

Je n'ai de regards que pour leur fille, ma cousine Euryale, habillée comme une madelonnette, mais plus belle encore que Nancy, avec sa formidable chevelure rousse qui semble parcourue d'étincelles et ses yeux de jade.

Elle les tient fermés et je le regrette : on voudrait jouer avec eux comme avec des gemmes, les faire rouler entre ses doigts, réveiller leurs flammes vertes, les aviver de son souffle.

Soudain une voix de pie grièche s'élève :

— Nous voulons voir l'oncle Cassave !

C'est Éléonore, l'aînée des sœurs Cormélon, qui a pris la parole.

— Vous le verrez tous, et tous ensemble, dans trois jours, et pour la dernière fois. Il vous parlera. Le notaire Schamp assistera à cette réunion, et aussi, comme témoin, le père Eisengott. Telle est la volonté de l'oncle Cassave.

Nancy a parlé d'un trait. À présent elle se tait et fixe les flammes des bougies.

— C'est pour le testament, j'imagine ? demande Eléonore Cormélon.

Nancy ne lui répond pas.

— J'aurais bien aimé le voir, dit le cousin Philarète, il m'aurait certainement fait des compliments pour ma souris. Mais sa volonté est sa volonté et ce n'est pas moi qui me mettrai en travers.

— Maintenant que nous nous sommes réunis..., commence l'oncle Charles.

— Nous ? Ne parlez pas de nous comme d'un tout ou de quelque chose qui se tient ! réplique ma sœur. Et si nous sommes réunis, ce n'est pas pour nous parler. Vous savez ce que vous devez savoir, vous pouvez partir.

— Savez-vous, mademoiselle, que nous avons fait plus d'une demi-heure de chemin pour venir ici ? crie Rosalie, la seconde des sœurs.

— Pour ma part, vous pouviez venir des antipodes et y retourner, répond Nancy avec une fureur mal contenue.

Tout à coup, une attention inquiète tend tous les visages, celui d'Euryale excepté. Des pas très lourds font sonner les dalles du vestibule, comme si elles étaient creuses ; puis la porte s'ouvre en criant sur ses gonds.

— Je me demande où se cache celui qui éteint toujours les lampes ! fait une voix plaintive.

— Mon Dieu ! les lampes s'éteignent de nouveau..., gémit la tante Sylvie.

— Il y avait une lampe aux côtés du dieu Terme, et comme j'allais vers elle, tout joyeux de sa lumière, *il* l'a soufflée.

— Qui donc ? implore la tante Dideloo.

— Qui le sait ? Je n'ai jamais cherché à le voir, car je le pressens noir et terrible. Il éteint toutes les lampes.

Celle qui est rose et verte, et qui donne de si jolies couleurs à l'escalier, brûlait à l'étage. Une main a pincé la mèche et la nuit a coulé sur l'escalier comme une eau d'enfer. Il y a cinq ans, peut-être dix, peut-être toute ma vie, que je le cherche, mais je ne le trouve pas. Ai-je dit que je le veux ? Non, non, je ne crois pas que je le veuille. Mais il éteint toujours les lampes, il les souffle ou pince leur flamme à mort.

Un homme étrange vient d'entrer. Il est immense, maigre à faire peur ; s'il ne se tenait courbé, il dépasserait six pieds de taille. Une casaque rougeâtre flotte autour de cette créature squelettique, au visage complètement mangé par une repoussante toison bourrue.

Il s'approche des bougies avec ravissement.

— Aha ! il ne les éteint pas, celles-là... C'est bon, voir la lumière, cela me remplace le boire et le manger.

— Lampernisse, ténébrion... que viens-tu faire ici ? s'écrie le Dr Sambucque.

— Il a le droit d'y être, riposte Nancy, il sera de l'assemblée prochaine.

— Il y aura des bougies allumées et des lampes, jubile le vieux monstre. Dans ma boutique brûle une lumière belle comme le jour, mais je ne puis y retourner, ainsi l'ont voulu les forces.

— Lampernisse... commence l'oncle Dideloo en réprimant mal un frisson de peur ou de dégoût.

— Lampernisse ? C'est mon nom... Lampernisse, Couleurs et vernis. Cela se trouvait au-dessus de la porte, en belles lettres de trois teintes. Je vendais toutes les couleurs, toutes..., des mèches soufrées, de l'huile siccative, de l'huile de schiste, du mastic gris et blanc, de l'ocre, du vernis blanc et brun, du blanc de zinc et de plomb, gras comme crèmes, du talc et des acides mordants. Je me nomme Lampernisse et je jouissais des couleurs. Maintenant on m'a mis dans le noir. Autrefois j'ai vendu du noir animal et du noir de charbon mais je n'ai jamais servi le noir de la nuit à personne. Je suis Lampernisse, je suis bon et l'on m'a mis au fond de la nuit, avec quelqu'un qui éteint toujours les lampes!

À présent le monstre pleure et rit à la fois, il tend ses pattes d'aragne vers les flammes des bougies qui lui brûlent les ongles. Il n'en a cure et continue à donner cours à sa pauvre joie.

Je ne crains pas Lampernisse qui vit dans la maison, quelque part où on ne le cherche guère; les Griboin se contentent de poser une fois par jour, dans quelque escalier perdu des étages, une écuelle d'un quelconque brouet, qu'il vide de temps à autre.

Mais les autres semblent se faire petits, comme à quelque mauvaise approche. Seules Nancy et Euryale ne réagissent pas.

Ma sœur enlève des mains de Sambucque la tasse avec laquelle il fait un bruit insupportable, ma cousine fait l'endormie mais un peu de feu vert glisse sous ses paupières closes: elle doit guetter la lamentable apparition du ténébrion.

— Allez-vous-en! dit brusquement Nancy en s'adressant à la ronde.

— Vous êtes polie, mademoiselle, grince Éléonore Cormélon.

— Attendez-vous que je vous fasse jeter dehors?

— Nancy, je vous en prie, intervient l'oncle Dideloo.

— Vous... vous..., gronde Nancy, vous allez vous taire et partir le premier.

— Vous commandez ici, mademoiselle Grandsire ? demande Rosalie Cormélon.

— Vous avez mis du temps à le comprendre.

— Elle allume les bougies, s'exclame Lampernisse, et des bougies qui ne s'éteignent pas, que personne ne souffle. Bénie soit-elle !

Il se dandine devant les lumières, projetant sur le mur de fond une ombre déhanchée que le cousin Philarète, qui ne comprend pas grand-chose, dirait-on, à la fièvre de ces brefs et désagréables événements, essaye d'éviter comme si elle était tangible et malfaisante.

— Mes couleurs ! crie Lampernisse, dansant de plus belle devant les minuscules feux de joie, elles y sont toutes ! Je ne les vendrai pas, et personne ne pourrait le faire.

Il prend un air perplexe et, du fond de son immonde toison grise, ses yeux supplient Nancy.

— Si ce n'est celui qui souffle les lampes... ô Déesse !

Du geste, Nancy mettait fin à l'assemblée, geste de faucheur, couchant sur le sol la gloire des épis.

— On se reverra dans trois jours.

Les ombres s'avancèrent vers la porte en une lente marche de processionnaires. Euryale emboîtait le pas à sa mère ; elle avait ouvert ses yeux qui paraissaient voir à peine, car ils étaient sans flammes vertes.

L'oncle Dideloo hésita un moment sur le seuil. Je crois qu'il aurait voulu dire quelque chose à Nancy, mais il se ravisa et se glissa dans l'obscurité du vestibule. Cette courte halte lui avait fait perdre sa place dans la file et Alice, la plus jeune des dames Cormélon, le dépassa.

Je l'entendis tout à coup pousser un « Oh ! » douloureux.

Nancy laissa fuser son petit rire strident.

— La manie lui tient dans les doigts, ricana-t-elle.

Le Dr Sambucque, qui avait déniché quelque part une mince tige de rotin, en frappait sans ménagement le lamentable Lampernisse.

— Oho ! gémissait le fantoche gris, les diables me battent toujours, ils veulent mes couleurs. Malheur... je ne les ai plus, je ne pourrais les donner. Et ils me battent, me battent !

Il se jeta dans l'escalier en criant.

Nous vîmes sa difforme silhouette glisser, simiesque, sur les murs éclairés par les lampes échelonnées de palier en palier.

— Et d'une ! hurla-t-il soudain.

Quelque chose de noir et d'informe clignota sur les murs et les hautes verrières.

— Et de deux et de trois ! Oho, il est là et je ne puis le voir. Lumière et couleurs, il a tout pris. Il me jette dans la nuit.

— Venez tous dans la cuisine, ordonna Nancy, le fou ne ment pas. La chose qui souffle les lampes est là !

Je ne sais qui, dans l'ombre, répéta lentement :

— La chose-qui-souffle-les-lampes...

Nancy haussa les épaules ; j'ai beaucoup aimé ma sœur, mais elle m'a toujours dérouté. À travers les événements qui nous ont secoués comme rameaux en bourrasque, les femmes m'ont paru plus savantes que les hommes. Hélas ! dès mes premiers pas dans le monde du mystère, je donne dans les conjectures, et peut-être pour accuser ma sœur d'indifférence, car si elle avait su, n'aurait-elle pu se mettre en travers de la plus fatale des destinées ?

— Allons, dit Élodie en déposant son chapelet.

Puis, sans plus souffler mot, elle fit chauffer du vin, du sucre et des épices.

— C'est une bonne soirée, dit Sambucque. Que diriez-vous, mes enfants, d'un médianoche? Le bon Cassave les aimait. Sur les minuit, les mets et les vins gagnent en goût et en fumet, cela fut découvert par la sagesse ancienne.

Ce médianoche fut honorable et, comme une langue en sauce y fut servie, le Dr Sambucque en profita pour nous raconter le banquet de Xanthus, le Phrygien, où Ésope fit servir des langues et rien que des langues, les proclamant l'une fois le meilleur, l'autre fois le pire régal de la terre.

Sambucque, rassasié et gonflé comme un petit python, Nancy retirée dans sa chambre, Élodie et moi nous veillâmes auprès de l'oncle Cassave endormi.

Pour la nuit, on l'avait coiffé d'une calotte en toile de Bergame à floche d'argent, qui lui donnait un air si drôle dans la blafarde clarté de la veilleuse à flotteur que je me mis doucement à rire.

~

En effet, l'oncle mourut le troisième jour, et pendant les quelques heures qui précédèrent son départ, il fut extraordinairement lucide et loquace. Mais ses yeux étaient déjà plongés dans de partielles ténèbres car, à plusieurs reprises, il s'écria avec colère :

— Pourquoi a-t-on enlevé le tableau de Mabuse? Charles Dideloo, filou que vous êtes, remettez-le en place ! Il n'y a rien qui s'en ira de la maison, rien, entendez-vous ?

Nancy parvint à le calmer.

— Belle, dit-il en prenant les mains de ma sœur dans ses longues pattes griffues, dis-moi les noms de ceux qui sont dans la chambre, car il n'y a que des ombres où il faudrait des hommes.

— Le notaire Schamp est assis auprès de la table, avec du papier, des plumes et un encrier.

— Bien. Schamp connaît son métier.

Le notaire, un vieil homme d'austère mais honnête mine, salua, bien qu'il se rendît compte que le mourant ne pouvait s'en apercevoir.

— Qui est assis à ses côtés ?

— Il n'y a qu'une chaise vide, mon oncle.

— As-tu convoqué Eisengott, fille du diable ?

— Certainement, mon oncle. Tout près de vous se trouve mon frère Jean-Jacques.

— Très bien, ceci m'est agréable... Aha ! Jean-Jacques, mon jeune ami, ton grand-père qui fut également mon ami — et quel ami, jour des dieux ! — était un fameux coquin. Il doit m'attendre quelque part au coin de l'Eternité et j'en suis bien aise.

— Les dames Cormélon sont présentes.

— La charogne attire les corbeaux ! Éléonore, Rosalie, et même toi, Alice, bien que plus jeune, dirait-on, et diantrement plus jolie, nous sommes de vieilles et bonnes connaissances. Vous me comprenez ? Naturellement, *il est des heures où il vous est donné de comprendre*, aha ! Vilaines sont vos têtes, mais le démon y fourra de dignes cervelles. Je vous dois quelques-unes de mes dernières paroles et, puisque je m'imagine vous devoir autre chose encore, je vais bientôt régler cette dette.

— Le cousin Philarète...

— C'est mon cousin, son sang est le mien. Il n'y peut vraiment rien, ni moi non plus d'ailleurs. Il est ici de plein droit, bien que le Créateur n'ait pu, j'ose le croire, faire vivre un autre homme aussi stupide que lui.

Philarète, lui aussi, salua comme si l'oncle Cassave venait de chanter ses plus belles louanges.

Cassave vit le geste et sourit.

— Philarète ne fut pas un mauvais serviteur, dit-il avec douceur.

— Mathias Krook ? murmura Nancy après une courte hésitation.

L'oncle Cassave parut mécontent.

— En l'éloignant de cette assemblée comme je le fais, dit-il, il est possible que je lui fasse injustice. Bah ! il s'en consolera. Qu'il retourne donc à la boutique, elle lui plaît.

Le vieillard s'était tourné péniblement sur le côté, pour essayer de voir le jeune homme ; je crus lire une singulière indécision dans son regard.

— Je me suis parfois trompé dans la vie, Krook, pas souvent en vérité, mais le temps me fait défaut pour revenir sur mes erreurs. Justice ou non, allez-vous-en !

Mathias Krook s'éclipsa, un pauvre sourire de honte sur son joli visage, et le regard de Nancy jeta des flammes sombres.

— Le Dr Sambucque entre à l'instant.

— Qu'on le fourre dans un fauteuil avec quelque chose à grignoter dans le bec.

— Le ménage Griboin est là.

— Ils furent mes bons et obéissants serviteurs depuis des années si longues que je me refuse à les compter. Ils le resteront.

— Lampernisse est assis sur la dernière marche de l'escalier ; il surveille une lampe qui continue à brûler.

L'oncle Cassave éclata d'un rire sinistre.

— Qu'il y reste jusqu'au moment où elle sera soufflée, car elle le sera.

— Voici l'oncle Charles Dideloo, la tante Sylvie et Euryale.

Le moribond fit une grimace.

— Il y eut un temps où Sylvie fut belle, elle ne l'est plus. Je suis content de ne pas la voir. Elle était encore belle quand Charles la découvrit à...

— Grand-oncle ! Grand-oncle ! cria Charles d'une voix angoissée, je vous en prie !

— Allons donc, Euryale, ma fleur adorable, va t'asseoir auprès de ton cousin Jean-Jacques. Vous êtes le double espoir que j'emporte de cette terre.

Au-dehors, une voix supplia :

— Non, non, n'éteignez pas la lampe !

Un homme d'aspect imposant entra et s'assit à côté du notaire Schamp, sans paraître nous voir.

— Eisengott est là ! cria l'oncle Cassave.

— Je suis venu, dit une voix qui vibrait comme une cloche.

Je regardai le nouveau venu avec terreur et respect.

Il avait un visage très pâle et très long, que l'immense barbe cendreuse formant jabot allongeait encore. Ses yeux étaient fixes et noirs et ses mains si belles qu'elles semblaient empruntées à un gisant d'église. Il était mal habillé et sa lévite verte luisait aux coutures.

— Schamp ! dit l'oncle Cassave, ces gens sont mes héritiers, dites-leur le montant de la fortune que je laisse après moi.

Le notaire se pencha sur ses papiers et prononça lentement un chiffre. C'était si énorme, si formidable, si fantastique, que le vertige s'empara un moment des esprits présents.

Ce fut tante Sylvie qui rompit le charme du nombre d'or, en s'écriant :

— Charles, tu démissionneras !

— Bien entendu ! ricana l'oncle Cassave, il ne pourrait faire autrement.

— Cette fortune, déclara le notaire, ne sera pas partagée.

Un murmure de déception terrifié s'éleva, mais le notaire y coupa court en continuant :

— Lorsque Quentin Moretus Cassave sera décédé, tout le monde ici présent, sous peine de se voir exclure immédiatement de l'héritage et de perdre tout avantage à venir, habitera et continuera à vivre sous ce toit.

— Mais nous avons une maison, notre propriété ! gémit Éléonore Cormélon.

— Ne m'interrompez pas, dit sévèrement le notaire. Ils y vivront jusqu'à leur mort, mais chacun touchera une rente annuelle, donc viagère, de...

Ce fut de nouveau un chiffre prodigieux qui tomba des lèvres minces de l'officier ministériel.

— On vendra la maison, entendis-je marmotter l'aînée des dames Cormélon.

— Tous y auront droit au gîte et au couvert, pour lesquels le testateur exige la perfection. Les époux Griboin, tout en ayant les mêmes avantages que les autres, resteront des serviteurs et ne l'oublieront jamais.

Le notaire fit une pause.

— Il ne sera apporté à la maison Malpertuis aucun changement et au dernier vivant sera dévolue la fortune entière.

» Le magasin de couleurs sera traité comme la maison même et Mathias Krook en restera le commis, ses gages triplés et maintenus à vie. Seul le dernier vivant sera en droit de le fermer.

» Eisengott qui n'aura aucun avantage, à qui rien n'échoit, et qui ne voudrait rien sera témoin de la parfaite exécution de ces volontés.

Le notaire prit le dernier feuillet du dossier.

— Il y a un codicille : si les deux derniers survivants sont un homme et une femme, le couple Dideloo en est de fait écarté, ils deviendront mari et femme, et la fortune leur reviendra à parts égales.

Un silence plana, les esprits n'étaient pas encore de plain-pied avec l'événement.

— Ainsi je l'ai voulu ! dit l'oncle Cassave d'une voix forte.

— Ainsi il en sera ! répondit gravement le sombre Eisengott.

— Signez, ordonna le notaire Schamp.

Tout le monde signa, le cousin Philarète mit une croix.

— Allez-vous-en ! dit l'oncle Cassave dont le visage se pinça soudain. Eisengott, vous resterez.

Nous nous retirâmes dans la pénombre du salon jaune.

— Qui pourvoira à notre installation dans cette demeure ? demanda l'aînée des Cormélon.

— Moi, trancha Nancy.

— Et pourquoi *VOUS*, mademoiselle ?

— Voulez-vous que je vous l'envoie dire par Eisengott ? demanda doucement ma sœur.

— Il me semble... intervint l'oncle Charles.

— Rien du tout ! s'écria Nancy. D'ailleurs, voici M. Eisengott.

Il s'avança au milieu de la pièce, nous couvant de ses regards terribles et lourds.

— M. Cassave désire que Jean-Jacques et Euryale viennent l'assister dans ses derniers moments.

Toutes les têtes se baissèrent, même celle de Nancy.

L'oncle Cassave respirait difficilement et ses yeux reflétaient la clarté des bougies comme des globes de verre.

— Dans ton fauteuil, Jean-Jacques... Prends place dans ton fauteuil... et toi Euryale, viens près de moi.

Ma cousine glissa vers lui, soumise mais splendidement indifférente à l'étrange majesté du moment.

— Ouvre tes yeux, fille des dieux, murmura l'oncle d'une voix toute changée et qui semblait enclore un respect terrifié. Ouvre tes yeux et aide-moi à mourir...

Euryale se pencha vers lui.

Il poussa un long soupir et j'entendis quelques mots glisser et se dissoudre dans le silence :

— Mon cœur dans Malpertuis... pierre dans les pierres...

Ma cousine resta si longtemps immobile que je pris peur.

— Euryale..., suppliai-je.

Elle se tourna vers moi, un singulier sourire sur la bouche. Ses yeux mi-clos ne laissaient filtrer qu'un lointain regard, sans flammes ni pensées.

— L'oncle est mort, dit-elle.

Alors une longue lamentation éclata dans l'escalier.

— Il a soufflé la lampe... Je la veillais bien et pourtant il l'a éteinte. Oho, il l'a éteinte !

Chapitre deuxième

PRÉSENTATION DE MALPERTUIS

Le génie de la nuit emporta la tête du renard pour en orner sa maison et lui faire honneur.
(Les Histoires d'Hussein)

Le soleil! Donnez-moi le soleil!
IBSEN (Gespenster)

Les dieux menus, comme les dieux pénates, les brownies, les Glasmännchen, ne sont jamais des esprits, mais de minuscules incarnations, donc absolument matérielles et empruntant leur puissance à la terre où ils vivent.
WORTH (Folklore comparé)

Il me faut présenter Malpertuis et me voici frappé d'une singulière impuissance. L'image recule comme les castels de Morgane, le pinceau devient de plomb dans la main du peintre, tant de choses, que je voudrais fixer par description ou définition, se dérobent, deviennent vagues et s'envolent en brumes.

Sans mon excellent maître, le bon abbé Doucedame, qui m'obligea souvent à voir au lieu de regarder, je me serais détourné de la tâche entreprise.

Six semaines avant la mort de l'oncle Cassave, nous avions quitté notre maison du quai de la Balise pour Malpertuis.

La maison du quai restera douce à ma mémoire. Elle était petite et drôlement bâtie, ses fenêtres aux vitres verdies la plongeaient dans un jour d'aquarium d'une infinie douceur ; elle sentait la verveine et le tabac, celui que fumait l'abbé Doucedame qui en était l'hôte fidèle.

La porte s'ouvrait sur un hall, le seul grand espace qu'abritait son toit étriqué ; hall où veillait le portrait de mon père, le capitaine Nicolas Grandsire, gardé à son tour par de redoutables panoplies.

Le capitaine nous envoyait assez d'argent pour acquitter le loyer et nous permettre de vivre sans de trop lourds soucis. Mais vers l'époque où l'oncle Cassave nous appela à lui, les chèques des banques de Singapour, de Shanghaï ou de Canton étaient devenus de plus en plus minces et rares.

Au temps de notre relative aisance, Élodie y traitait quelques amis de la façon la plus honnête et l'abbé Doucedame en était certainement le plus estimé comme le plus assidu.

C'était un petit homme, rond et gros comme un muid, à la joyeuse figure de pleine lune, à la soutane grasse.

Il aimait la bonne cuisine — et celle d'Élodie était

excellente — le vin honorable, le tabac de Hollande et les vieux livres.

Son nom n'a pas complètement sombré dans l'oubli, et c'est justice, car il est attaché à certaines publications qui gardent encore quelque autorité. Ainsi lui doit-on une étude très fouillée sur les gravures de Wendell Dietterlin, une biographie fort originale de Gérard Dow et des travaux de recherche sur la ferronnerie d'art au XVe siècle.

Il reprit les curieuses études du Dr Misès de Leipzig sur les figures, le langage et l'anatomie comparée des anges.

Il prétendait que ces esprits célestes expriment leur pensée par la lumière et usent des couleurs en guise de sons.

Il disait régulièrement sa messe, ne dérobait jamais une minute à son bréviaire, menait une vie d'exemplaires chasteté et humilité, mais n'en était guère plus aimé de ses supérieurs. La reprise des études du Dr Misès lui avait valu, en effet, une réputation imméritée d'hérésiarque et même quelques retraites punitives en de sévères moutiers. Mais la jeunesse de ce prêtre s'était passée sous des cieux lointains et périlleux où la gloire de Dieu se défend au prix du sang et de la souffrance des soldats du Christ, et même les évêques tâtillons et piaulards n'eussent osé l'oublier.

Au sein de quelles dangereuses aventures avait-il connu le capitaine Nicolas Grandsire ? Il n'en a jamais rien dit et mon père se contentait de clore ses lettres par de « vives amitiés au saint bonhomme Tatou que Dieu garde pour le bonheur des pauvres mortels et leur accès à la gloire éternelle ».

— Qu'est-ce donc qu'un tatou ? demandait Élodie, méfiante.

— C'est une grosse bête dans mon genre, expliquait l'abbé Doucedame, mais elle est restée sur les rives de l'Amazone, ce que je n'ai pas fait, moi, puisque je suis ici à boire du bon vin, manger de bonnes choses et mériter bien mal la miséricorde divine.

— Comment, lui ai-je demandé en faisant mine de prendre des notes, expliquez-vous le nom de Malpertuis que la maison de l'oncle Cassave semble porter comme une malédiction ?

L'abbé Doucedame avait pris alors un air de grave attention, qui lui seyait fort mal d'ailleurs, pour expliquer :

— Dans le célèbre et truculent *Roman de Renart* les clercs ont donné ce nom à l'antre même de goupil, le très malin. Je ne m'avance pas trop en affirmant que cela signifie la maison du mal, ou plutôt, de la malice. Or, la malice est, par excellence, l'apanage de l'Esprit des Ténèbres. Par extension du postulat ainsi posé, je dirai que c'est la maison du Malin ou du diable...

Je fis une moue effrayée.

— Je préfère le renard tout court. Sur les linteaux des fenêtres géminées de la façade se trouvent quelques vilaines figures...

— Des calmars flèches, des guivres, des herpétons, détailla l'abbé.

— Et parmi elles, les têtes de renard sont les plus sympathiques ; les corbeaux de pierre des poutres en saillie portent les mêmes sculptures.

« Ce sont de mauvais chiens oreillards et rien de plus. Mais tout doux, tout doux, mon jeune ami. La figure du renard appartient de droit à la démonologie. Les Japonais, qui sont maîtres en cette science sombre et redoutable, ont fait du renard un sorcier, un thaumaturge de grande puissance et un esprit de la nuit aux pouvoirs infernaux très étendus. J'ai vu quelques grimoires, dont je dois condamner sans merci la lecture et bien plus encore la connaissance, où les gravures qui représentent la lutte de saint Michel et de l'ange révolté donnent au Malin terrassé la figure chafouine et perverse du renard.

» Malheureusement les archives, que j'ai consultées, à tant de reprises, ne m'ont pas révélé la raison de ce choix pour la maison de l'oncle Cassave. Je pense que nous le devons aux moines Barbusquins, maîtres, aux siècles passés, des principales dépendances de cette demeure que je pressens triste et menaçante.

— Parlez-moi de l'ordre des Barbusquins, dis-je avec brusquerie, sachant bien qu'il n'aimait pas traiter le sujet.

Ses petits bras ronds et gros firent des gestes d'impuissance et d'ennui.

— Cet ordre... cet ordre, voyons, mon petit. De fait il n'exista jamais, et la dénomination est simplement populaire.

» Les bons conventuels dont vous voulez parler étaient des bernardines qui eurent beaucoup à souffrir des Gueux de terre et de mer, au temps de la grande révole des Pays-Bas contre Sa Majesté Catholique...

Je m'obstinai pourtant.

— Peut-être vos moines portaient-ils la barbe...

— Non, non, ne versez pas dans une erreur aussi vulgaire. Mais ces moines portaient la barbute en signe de pénitence, et peut-être que la raison se trouve là, tout simplement. Mais je n'oserais le proclamer et encore moins l'écrire ! Laissez les morts en paix, surtout lorsqu'ils furent hommes saints aux mérites multipliés par la souffrance et la persécution.

— Oho, l'abbé, la tradition en décida tout autrement, il me semble !

— Taisez-vous ! supplia l'abbé Doucedame, la tradition est une détestable colporteuse d'erreurs auxquelles, hélas, le diable fait la vie longue et tenace.

Après cet entretien, qui ne fut pas unique, mais se répéta quelques fois sur le même mode, je me sens plus apte à reprendre la description de Malpertuis.

Je me suis souvent penché sur d'anciennes gravures représentant de vieilles rues pleines d'un hautain ennui, rebelles à tous les efforts tentés pour les animer de lumière et de mouvement.

Parmi elles, je n'ai eu aucune peine à retrouver la rue du Vieux-Chantier, où se trouve Malpertuis, et sans trop de recherche j'y retrouve la maison elle-même, parmi les hautes et sinistres demeures, ses voisines.

Elle est là, avec ses énormes loges en balcon, ses perrons flanqués de massives rampes de pierre, ses tourelles crucifères, ses fenêtres géminées à croisillons, ses sculptures grimaçantes de guivres et de tarasques, ses portes cloutées.

Elle sue la morgue des grands qui l'habitent et la terreur de ceux qui la frôlent.

Sa façade est un masque grave, où l'on cherche en vain quelque sérénité, c'est un visage tordu de fièvre, d'angoisse et de colère, qui ne parvient pas à cacher ce qu'il y a d'abominable derrière lui. Les hommes qui s'endorment dans ses immenses chambres s'offrent au cauchemar, ceux qui y passent leurs jours doivent s'habituer à la compagnie d'ombres atroces de suppliciés, d'écorchés vivants, d'emmurés, que sais-je encore ?

Ainsi doit penser le badaud qui s'arrête un instant dans son ombre, et qui s'enfuit aussitôt vers le bout de la rue où il y a quelques arbres, une fontaine murmurante, un pigeonnier de pierre blanche et une chapelle de la Vierge des Sept Douleurs.

Las !... voici que je me détourne tout à coup de mon projet.

L'abbé Doucedame a dit tout ce que de vieilles archives auraient pu relater au sujet de cette maison, mais elles ne l'ont pas fait.

Je suis entré dans Malpertuis, je lui appartiens, elle ne fait aucun mystère de son intérieur. Aucune porte ne s'y obstine à rester close, aucune salle ne se refuse à ma curiosité, il n'y a ni chambre interdite ni passage secret, et pourtant...

Pourtant elle restera mystère à chaque pas, et elle entourera chaque pas d'une prison mouvante de ténèbres.

L'abbé Doucedame a manifesté parfois quelque curiosité pour le jardin, qui est vaste comme un parc et qu'entoure un mur si haut, si formidable, que le soleil ne projette l'ombre des hallebardes de son faîte que vers la méridienne.

Quand on se penche hors des fenêtres hautes de la maison, ce jardin ressemble à une vaste plaine gazonnée d'où jaillissent les trombes de verdures des arbres séculaires ; en vérité cette herbe est dure et rare, les fusains y sont étriqués et les halliers hâves ; seules les avoines folles et l'oseille sauvage triomphent du sol ingrat et rembourrent la base des murs.

Les arbres montent une garde hostile au jour et se montrent complaisants aux vies larvaires et à la richesse livide des cryptogames.

Mais la vie, telle qu'on la rêve parmi les arbres, en demeure exilée ; c'est en vain qu'on y épierait la promenade effrontée des merles, la fuite des ramiers, la colère des geais.

Une fois, à minuit, j'entendis la grêle chanson du lulu, la mystérieuse alouette des ténèbres, et l'abbé Doucedame y vit un signe de malheur et de menace.

Pourtant, dans les sagittaires de la pièce d'eau centrale habite un râle haut sur pattes qui, de temps à autre, fait marcher sa lime à froid et, par temps gris, les pluviers guignards pleurent au fond du ciel.

Cet étang, de considérable étendue, apparaît brusquement derrière une barrière de chênes rouvres qui se serrent les coudes et enchevêtrent leurs brèves et noueuses ramures.

Le noir d'encre des eaux trahit leur énorme profondeur; elles sont glacées au point de donner à la main qui y plonge une impression de morsure. Malgré cela elles sont poissonneuses et Griboin y pêche au bergot des carpes miroir, des perches nacrées et d'énormes anguilles bleutées. À vingt toises de la berge sud de l'étang, se dresse une seconde haie, celle-ci de hauts et lourds conifères, qu'on hésite à passer, tant elle est rébarbative.

Passé ce rideau noyé d'ombre et hérissé de pointes, on se trouve devant une bâtisse d'invraisemblable laideur, de pierres niellées, pourries de lèpre, aux fenêtres crevées, à la toiture béante: les ruines de l'ancien couvent des Barbusquins.

Vers l'unique porte bardée de fer mène un perron gigantesque de quinze hautes marches, serrées dans des rampes murées.

Il a fallu à mon excellent maître Doucedame un élan de courage pour les gravir et se livrer ensuite à l'exploration des tristes lieux défendus par tant de laideur.

Il s'est proposé par la suite de leur consacrer une brochure. En réalité, il prit quelques notes éparses et fiévreuses, mais jamais il ne rédigea l'œuvrette dont il escomptait pourtant quelque renommée. « Je suis étonné, écrivait-il, de l'inconfort dans lequel les bons moines y vivaient, et j'ose prétendre qu'ils y recherchaient un mode de sainte pénitence. Les cellules sont étroites, basses, manquent d'air et de lumière. Au réfectoire, les tables et les bancs sont de grossière pierre grise. La chapelle est si haute et si noire qu'elle s'apparente à un puits. Nulle part, les vastes mais repoussantes cuisines exceptées, il n'y a trace d'âtres ou de foyers. Une partie des caves semble avoir été aménagée en laboratoire, car on y trouve encore de puissantes cheminées, un alambic maçonné dont les proportions sont considérables, des conduites d'eau et des creux de forges. Aux siècles passés, les savants conventuels s'adonnaient parfois à la spagirie, encore que la pratique en fût condamnée.

» Je ne puis que m'étonner également de l'étendue inhabituelle des souterrains, aujourd'hui inexplorables par suite d'éboulements, d'inondations partielles et de végétation rudérale qui présenterait un intérêt certain pour un botaniste averti. Il est évident que l'époque, tristement féconde en persécutions, a poussé les bons moines à s'aménager de ce côté des retraites et des moyens de communication ou de fuite. »

J'aurais voulu confier à l'abbé l'exploration, certes plus facile, de la maison même, mais il s'y est refusé avec une obstination qui frisait parfois la mauvaise humeur.

Après les rares visites qu'il y a faites, il se tenait tassé sur sa chaise, la tête basse, la bouche pincée, les mains moites et frémissantes, et je le suspecte d'avoir, durant les longues minutes de silence, murmuré de compliqués exorcismes. Sans doute que Dieu, dont il était l'humble mais fidèle serviteur, lui avait permis d'entrevoir l'effroyable sort que lui réservait cette maison de la grande malice, et qu'il l'avait accepté comme les saints acceptent le martyre.

Seule la lugubre cuisine trouvait grâce devant ses yeux terrifiés; Élodie l'aidait à supporter, peut-être même à défier, d'autres présences, occultes, invisibles, mais combien redoutables.

Le pauvre cher homme souffrait de ne pouvoir retrancher des péchés capitaux la condamnable gourmandise. Il soupirait longuement devant les soufflés à la moelle, les gigots parfumés d'ail et les volailles ruisselantes de jus que notre bonne posait devant lui sur l'immense table en chêne lustré.

L'âme bourrelée de remords, il piquait sa fourchette dans les grasses dodines, tranchait les filets, écrasait les compotes; en mangeant, ses lèvres ointes de sauce esquissaient un sourire qu'il aurait voulu amer et navré mais qui finissait par être bien doux, bien heureux.

En fin de compte, d'ailleurs, il parvenait à se convaincre de l'innocence de sa joie gourmande.

— Si Dieu a piqué les mousserons aux creux tranquilles des prairies, posé une crête charnue sur le crâne pointu du coq, fait fleurir l'ail sauvage au fond des vallées abritées et laissé mûrir le raisin de Madère à l'ardeur des méridiennes du Sud, ce n'est pas pour faire du salmis dont ils rehaussent le goût un agent de perdition et de damnation. D'ailleurs on mangeait mal à la table de Minos...

Ainsi discourait-il. Mais en prononçant le nom du roi des enfers, il frissonnait et un peu d'anxiété troublait son bon regard bleu.

Je posais souvent des questions qui embarrassaient le brave abbé, surtout quand elles se rapportaient à Malpertuis, à l'oncle Cassave et même à mon père, Nicolas Grandsire.

— Il est des livres dont on ne retourne plus la page lue, pontifiait-il. La vie est atteinte de torticolis sempiternel, ce qui l'empêche de regarder en arrière. Faisons comme elle, le passé appartient à la mort, qui est jalouse de son bien.

— Elle a bien dû laisser Lazare lui échapper, répondais-je.

— Petit malheureux, veux-tu bien te taire !

— Mais Lazare n'était pas bavard... Ah, s'il avait pu laisser des Mémoires !

L'abbé Doucedame se fâchait alors.

— Tes propos, sans connaissance ni respect, m'obligent à des pénitences supplémentaires bien pénibles, se plaignait-il.

En prenant congé de lui sur le seuil de Malpertuis, je le retenais parfois par un pan de sa vieille soutane.

— Pourquoi l'oncle Cassave a-t-il acheté une boutique ?

Je l'accompagnais dans la rue et je l'obligeais à se retourner vers les façades étrangement jumelées, celle de la hautaine maison de maître et celle de ce magasin falot aux ternes vitrines.

C'était un mince bâtiment sans recherche architecturale, bien qu'il fût très vieux et né en des années d'art et d'harmonie.

Son pignon en casque à mèche, surmonté d'une girouette et d'une lanterne de pierre rouge, se penchait en arrière, comme frappé brutalement au ventre. Ses fenêtres étaient à peine des doubles meurtrières aux vitraux vert bouteille qui, au premier aspect, luisaient comme passés au cirage.

Au-dessus de la porte, la vieille enseigne persistait encore : *Lampernisse, Couleurs et Vernis.*

— Pourquoi, pourquoi ? insistais-je. Nancy et Mathias Krook qui y passent leurs journées n'y vendent pas toujours pour cent sous.

L'abbé Doucedame prenait parfois un air mystérieux pour répondre :

— Les couleurs... ah, mon pauvre petit, souviens-toi des magnifiques études du docteur Misès. Couleurs... paroles des anges... L'oncle Cassave a voulu voler quelque chose à nos célestes amis, mais chut ! il ne fait pas bon parler de ces choses, car on ne sait jamais quelles sont les entités aux écoutes de nos mots et de nos pensées.

D'un coup sec, il libérait sa soutane et s'enfuyait sans se retourner : aux jours de grand vent, la tourmente lui faisait de son manteau de larges ailes noires.

Ma bonne Élodie, qui était une femme simple mais de bon sens, répondait à mes vains discours :

— Dieu garde ses mystères et punit les hommes qui essayent d'y porter une profane atteinte. Pourquoi le diable, qui singe en toutes choses le Créateur, ne voudrait-il en faire autant ? Contente-toi, Jean-Jacques, de vivre selon Sa Loi, de renoncer à Satan et à ses pompes et de dire tous les soirs, pieusement, ton chapelet. Il est bon également de porter le scapulaire et d'invoquer le nom vénéré de quelques saints de grand mérite.

Eh ! sans doute... Si, comme on le verra plus tard, la marée d'épouvante a grondé autour d'Élodie comme autour des autres, les charmes noirs de Malpertuis n'ont pu directement l'atteindre.

~

L'intronisation — l'expression est un peu pompeuse, je l'admets volontiers — des nouveaux habitants de Malpertuis se fit sans trop de heurts ni d'anicroches...

Le cousin Philarète arriva bon premier, tout son maigre avoir entassé sur une charrette à bras qu'il poussait lui-même.

Nancy lui avait réservé une vaste chambre donnant sur le jardin, dont il se déclara immédiatement très satisfait et qui, deux heures plus tard, sentait le formol, l'iodoforme et l'esprit de vin.

Il chargea la table de cupules, de vide-crânes, de pincettes, de boules d'ouate, de soucoupes remplies d'yeux de verre et de poudres colorantes. Une faune morte, mais aux saisissantes apparences de vie, surgit comme par enchantement sur les rayons et les meubles, du joyau azuré du martin-pêcheur à la noire élégance de l'alcyon ; de la cauteleuse apparition d'une belette argentée au guet hargneux d'un lézard d'Australie, de la douceur duvetée des harles roses à la livide maigreur des reptiles.

— Cousin Jean-Jacques, proposa-t-il, nous pourrions bien nous entendre. Dans cet énorme jardin, tu pourras me capturer pas mal de bêtes, plumes ou poils, qu'importe, et je te les ferai plus belles que vivantes.

— Je n'y ai jamais vu qu'un vilain râle d'eau, répondis-je sans enthousiasme.

— Prends-le, donne-le-moi, et tu verras s'il restera un sale oiseau comme tu le dis !

Les Dideloo firent une entrée sans bruit.

Quand j'allai les voir dans le vaste appartement du premier que Nancy leur avait destiné sans rancœur, la tante Sylvie faisait déjà de la broderie sur un gros canevas bleu et l'oncle Charles rafistolait une toile déclouée.

Ma cousine Euryale s'était retirée dans sa chambre personnelle et ne daigna pas se montrer.

Comme il fallait s'y attendre, les trois dames Cormélon se montrèrent moins accommodantes. Il est vrai que ma sœur les avait reléguées au fond d'un couloir dallé, sonnant le creux, dans une suite de chambres si hautes qu'elles en prenaient des aspects de chapelles. Elles trouvaient partout à critiquer, et même les admirables gobelins décorant les murs ne trouvaient pas grâce à leurs yeux.

— Ce sont des figures à vous donner de vilains rêves ! gémissaient-elles.

— Il nous faudrait bien trente bougies pour éclairer convenablement chacune de ces pièces, protesta Éléonore.

— Il y en a six par chambre, répondit sèchement Nancy, mais vous avez les moyens d'acheter les deux douzaines supplémentaires puisque le notaire Schamp a versé d'avance les premières mensualités.

— Nous dépensons *notre* argent comme il nous convient, mademoiselle, et à ce sujet, nous nous passerons de votre conseil, fut l'aigre riposte.

Au Dr Sambucque était dévolue une curieuse et fort amusante chambre toute ronde, faisant partie de la tour qui flanquait l'aile ouest de la maison. Il la trouva à son goût, préférant, comme il le proclamait, la splendide douceur des couchers de soleil à l'ardeur insolente des aubes.

Nancy avait découvert Lampernisse au moment où il versait de l'huile dans une des lampes du vestibule et lui avait proposé une petite chambre assez claire et confortable de l'annexe sud.

Il avait refusé avec colère.

— Non, non, je n'en veux pas... ô Déesse... il ne faut

pas qu'*Il* sache où je demeure. Je me cache là où *Il* ne peut me découvrir et me voler la lumière et les couleurs !

Comme toujours, Nancy avait souri, et il s'était enfui en poussant des plaintes.

La salle à manger où les habitants devaient se retrouver deux fois par jour, au déjeuner de midi et au dîner de sept heures, était très vaste et certainement la seule pièce luxueuse de cette torve demeure.

Les meubles de bois noir, incrustés d'ébène et de nacre rose, prenaient, à la clarté des lampes et des hautes torsades de cire, des profondeurs luisantes d'eaux précieuses; des cascades d'aventurines ruisselaient dans l'espace où les rais du soleil de midi poignardaient les vitraux.

Un âtre de dimensions inusitées ressemblait à la maison du feu lui-même, une fois les bûches allumées; des landiers et des chenets d'argent massif le flanquaient.

Les époux Griboin, aidés volontairement par Élodie, servaient la table et, selon la volonté de feu l'oncle Cassave, chaque repas y prenait des allures de banquet.

Bien que les convives semblassent s'être mis à table avec l'évidente intention de se montrer aussi gourmés et distants que possible, j'avoue que le premier repas fut presque amusant.

Les dames Cormélon mangeaient comme quatre, reprenant de chaque plat, dans le dessein arrêté de consommer autant que possible tout ce qui leur revenait de droit.

La tante Sylvie, après avoir minaudé à regret devant les hors-d'œuvre, avait bravement attaqué les rôtis et bâfrait, poissant sa serviette et tachant la nappe.

L'oncle Dideloo apprécia vite la qualité rare des vins et ses regards allumés couvaient les admirables formes de ma sœur.

Le Dr Sambucque, voisin de table du cousin Philarète, s'entendit immédiatement avec ce bonhomme.

— Ah, miam, miam, clamait le taxidermiste plein de gourmand enthousiasme, je ne sais ce que je mange, mais c'est diantrement bon !

— C'est un filet au porto à la purée de noisettes, expliqua le vieux médecin.

— On ne pourrait pas nous en redonner demain ? demanda Philarète en le poussant du coude.

Il prit grand plaisir à admirer les figurines décorant la merveilleuse faïence de Moustiers dans laquelle le riz au rhum et à la crème fraîche nous fut servi.

— Il y a un diablotin à six cornes sur mon assiette ! cria-t-il, et sur la vôtre, docteur... aha, un bonhomme qui boit à la barrique !

Il prétendit regarder celles des autres, à la grande ire des dames Cormélon qui couvrirent les leurs de leurs serviettes en demandant au cousin Philarète s'il n'avait aucun usage du monde.

Le brave homme n'y voyait pas malice, et affirmait qu'en fait de monde, il venait certainement de faire son entrée dans le meilleur qui fût.

Nancy, qui n'était pas mauvaise fille au fond, semblait prendre un réel plaisir à cette première prise de contact, mais je me sentais un peu dérouté à l'endroit d'Euryale.

Elle se tenait droite et raide sur une chaise, mangeant peu et avec un visible déplaisir. Ses yeux, perdus dans le vague, étaient sans lumière et même quand, d'aventure, ils se posaient sur moi, je sentais qu'elle ne me voyait pas.

Elle portait une méchante petite robe de teinte indécise, trop étroite, qui serrait ses formes en les écrasant ;

seule sa terrible chevelure s'allumait de reflets rutilants au moindre mouvement de sa tête et semblait vivre.

La table desservie, l'oncle Charles proposa des jeux.

À mon étonnement, les dames Cormélon acceptèrent une partie de whist, où l'oncle fit le quatrième.

Le cousin Philarète cria d'aise en apprenant que le Dr Sambucque le défiait au jeu de dames.

La tante Sylvie se pelotonna dans un fauteuil et s'endormit. Nancy disparut tout à coup, au visible désenchantement de l'oncle Dideloo. Euryale se trouva à mes côtés sans que je l'eusse vue venir. J'éprouvai dans mon cou une sensation étrange, presque pénible : sa main s'y était posée et ses doigts étaient durs et froids. Ils s'y attardèrent si longtemps, si longtemps, qu'il semblait que mon être se figeât dans l'éternité.

Un cartel compta onze heures d'une voix pure de cristal.

Les dames Cormélon gloussaient de joie : l'oncle Dideloo perdait quarante sous.

— Vous êtes décidément plus fort que je ne le croyais, Philarète, disait le Dr Sambucque avec une nuance de regret.

— Je jouais régulièrement aux dames au « Petit Marquis », s'excusait le taxidermiste, mais Piekenbot, le savetier, me battait assez souvent.

— Faudra que je vous apprenne à jouer aux échecs, déclara Sambucque.

La tante Sylvie s'éveilla en bâillant et un éclair d'or s'alluma dans sa bouche.

— Jean-Jacques..., murmura Euryale.

— Quoi donc ? répondis-je tout bas, mais à grand-peine, car une bizarre torpeur m'écrasait depuis que sa main reposait sur mon cou.

— Ecoute-moi, mais ne réponds rien.
— Bien, Euryale.
— Quand tout le monde ici sera mort, nous deux exceptés, tu m'épouseras...

J'aurais voulu me retourner pour la voir, mais sa main se faisait plus lourde et plus froide encore sur mon cou et je ne pus faire aucun geste. Mais en face de nous un trumeau renvoyait nos images.

J'y vis briller deux flammes vertes, immobiles, comme d'énormes pierres de lune perdues au fond d'une eau nocturne.

Chapitre troisième

LE CANTIQUE DES CANTIQUES

Je vis le Capitano, la tête clouée au mât, et je sus qu'il venait d'être frappé par les dieux.

HAUFF (Le Vaisseau fantôme)

L'automne passait, sans joie ni gloire, sur la ville. Il est possible qu'au-dehors des remparts il dorât les bois, feutrât les chemins creux de jonchées moelleuses et douces à la marche, qu'il soutirât l'hymne de la fécondité à la harpe des vergers et qu'il semât à généreuses poignées les sains et robustes plaisirs, mais une fois dans la cité des hommes il se montrait avare de largesses et de sourires.

Les façades pleuraient, hantées d'immenses chagrins; un bruit aigre d'eau courante emplissait les rues; derrière chaque porte, chaque fenêtre, une main fantôme s'impatientait au gré des rafales.

Les arbres exilés sur les mails et les avenues n'étaient plus que de grêles tracés au fusain et les feuilles mortes acquéraient, au caprice du vent, un maléfique pouvoir de mains à gifles.

Les cheminées armoriées de Malpertuis crachaient de puissantes colonnes de fumée dans l'air gris, car dans toutes les chambres ronflaient de vastes feux de bûches et de charbon de terre.

Dès que, de leur pas d'argent, les cartels comptaient quatre heures, que le parfum triomphant du café montait des cuisines, les Griboin parcouraient la maison d'une allure pressée, portant des lampes allumées qu'ils posaient en des endroits déterminés : tournants de couloirs, paliers d'étage, niches de hall.

Malpertuis ne semblait que plus sombre, constellé de ces étoiles lointaines et fumeuses.

En ces moments, la lointaine perspective du magasin de couleurs et vernis, qu'on pouvait entrevoir au fond d'un des vestibules latéraux du rez-de-chaussée, prenait l'aspect rassurant d'un havre de lumière. Je m'y serais dirigé souvent, si je ne m'étais heurté à la silencieuse hostilité de Nancy et de Mathias Krook.

Ce domaine était leur, et ils faisaient sentir qu'ils n'entendaient en partager les avantages avec personne.

Parfois, une ombre blottie au creux d'un escalier soupirait et gémissait à mon passage : c'était Lampernisse qui, de loin, guettait ce paradis perdu.

J'aurais voulu me lier d'amitié avec lui, car il m'inspirait une étrange pitié et même une sorte de confuse affection, mais il m'évitait comme il nous fuyait tous. Je m'entêtais pourtant, essayant de me trouver sur son chemin pour lui tenir quelques brefs propos de bonne entente.

Je fus en partie récompensé de cette obstination, si toutefois la première angoissante découverte que je fis dans Malpertuis, grâce à Lampernisse, peut s'appeler une récompense.

Le premier fantôme qui s'y dressa devant moi fut celui de toutes les vies encloses : l'ennui.

Il pleuvait et ventait à longueur de journée, et à certains moments l'averse prenait des allures rageuses de déluge.

Il ne fallait pas compter sur le jardin et ses repoussants mystères pour se soustraire aux heures noires et silencieuses de la maison. Les arbres se battaient entre eux, à coups de branches mortes, le sol flagellé se soulevait en cloques et en pustules crevant en boue ; pendant les courts moments de répit où les branches et les rameaux reprenaient haleine, on entendait le clapotis plein de hargne de l'étang.

Il y avait une riche bibliothèque dans la maison, mais je ne suis pas grand liseur ; d'ailleurs, les volumes reliés de cuir sombre sentaient la chaussure moisie.

Une fois que je m'y aventurais, j'y trouvai installés l'oncle Dideloo et Alice Cormélon, la plus jeune des trois sœurs.

Je surpris des gestes embarrassés et l'oncle essaya de le prendre de haut :

— Un jeune homme de bonne éducation n'entre jamais dans une pièce sans frapper !

— C'est que je ne suis pas un jeune homme de bonne éducation, ripostai-je. Et puis, si je m'attendais à trouver ici autre chose que des souris !

Je sortis en faisant claquer la porte, à la manière de Nancy, et je me dis qu'Alice Cormélon n'était pas fort vilaine après tout.

Depuis, l'oncle me montra beaucoup de froideur, mais la plus jeune des Cormélon me jetait des regards où l'anxiété se noyait d'un vague sourire complice.

Je trouvais toujours un refuge auprès d'Élodie ; toutefois, aux heures où ses fourneaux ne la réclamaient pas, elle était toute à son chapelet et à son livre d'heures.

— Nous dirons une prière à l'intention de sainte Vénérande, pour que cesse ce mauvais temps et qu'un peu de soleil te permettre de jouer au jardin.

Noble et sainte Vénérande,
À vous je fais humble offrande...

Je ne sais ce que j'offrais humblement à sainte Vénérande ; je quittais la cuisine bien avant la fin de la pieuse évocation et j'allais demander asile au cousin Philarète.

Je crois que sans la lourde atmosphère de la chambre, j'y aurais trouvé un plaisir assez durable, mais le nuage phéniqué qui y flottait, quasi visible, me faisait tourner le cœur.

Le taxidermiste travaillait toujours à quelque répugnante merveille, dont il aimait me montrer l'écœurante évolution.

— Faudra m'apporter des bêtes, mon petit, je n'en ai jamais trop et, à vrai dire, j'éprouve quelque difficulté à m'en procurer ici. Si la pluie voulait cesser, ne pourrais-tu songer au râle d'eau qui vit dans le jardin ?

Un jour qu'une odeur nouvelle flottait parmi les affreux remugles, je m'écriai avec plaisir :

— Ah ! cousin Philarète, je ne vous ai jamais vu fumer !

— Je ne fume pas, cousin Jean-Jacques.

— Pourtant cela sent le tabac et même le bon tabac !

— C'est l'abbé Doucedame qui a fumé et pas moi.

— Comment, l'abbé vient ici ? demandai-je avec étonnement.

— Il est venu, répondit sèchement Philarète.

Et il me tourna le dos.

Je n'étais pas seulement surpris, mais également peiné de savoir que mon excellent maître était venu à Malpertuis à mon insu.

Je ne parle pas des dames Éléonore et Rosalie Cormélon dont j'évitais la rencontre, et qui ne désiraient certes pas la mienne.

Quant aux Griboin, leur loge de concierge était sans joie comme eux-mêmes. Quand, par hasard, j'en poussais la porte, ces serviteurs, du reste polis et fidèles, me faisaient l'accueil qu'on réserve à l'étranger qu'on n'attend ni n'espère. Ils me demandaient des nouvelles de ma santé, commentaient le temps de la veille et du jour, prophétisaient celui du lendemain, me faisaient, à mon départ, des adieux de grand voyage.

Rien à dire non plus de la tante Sylvie qui adoptait, pendant les visites à son salon particulier, une immobilité et un silence de statue, ni, hélas ! d'Euryale ; Euryale que je désirais avec la fièvre d'un chercheur de trésors et qui, en dehors des heures communes des repas, disparaissait comme une ombre ; qu'on ne rencontrait jamais au tournant d'un couloir, qui ne poussait jamais une porte, qu'on ne devait pas s'attendre à trouver installée dans un des salons, qui ne se penchait à aucune fenêtre entrouverte. L'ennui voletait autour de moi, sur ses ailes fripées de noctuelle, et me poussait à rechercher l'incompréhensible fantoche qui hantait si étrangement l'ombre de son ombre : Lampernisse.

Un jour, le cousin Philarète me prit à part :

— J'ai fabriqué un nouveau piège à souris. C'est une belle pièce, grande et spacieuse, qui ne blesse ni n'abîme les captures. Toi qui connais la maison, cousin, tu devrais me l'installer au bon endroit, dans les greniers par exemple.

— On n'y prendrait que des souris ou des rats.

— Sans doute, sans doute, mais sait-on jamais? Le monde de ces vieux greniers est bien étrange. Il me revient qu'un certain M. Likkendorf, qui habitait dans le voisinage du port, prit au piège un magnifique rat rose d'une espèce inconnue, et mon ami Piekenbot, le savetier, m'a certifié que dans le grenier de sa grand-mère habitaient des souris à trompe. Une autre fois...

Le Dr Sambucque héla mon interlocuteur.

— Holà, Philarète, à ta leçon d'échecs!

Le taxidermiste me fourra dans la main un grand piège grillagé, pourvu de crochets amorcés de lardons et de bouts de fromage.

— Bonne chasse, cousin... Sait-on jamais?

La chose en elle-même ne m'inspirait aucun intérêt, mais l'idée d'explorer les greniers de Malpertuis me promettait un antidote passager à l'ennui.

Je montai des escaliers interminables, les uns larges et majestueux qui semblaient vouloir donner accès à des salles de temples, les autres tourmentés, en minces et accores spirales aboutissant à des trappes que je dus pousser à force d'épaule.

J'y fus brusquement.

C'étaient des enfilades pénombreuses de polyèdres creux, piqués des lumières grises des lucarnes et des œils-de-bœuf. Ils étaient complètement vides; aucune chaise bancale ne se réfugiait dans un coin, aucun bahut démodé ne s'appuyait contre les murailles de briques ternies pour ne pas s'abîmer en poussière, aucune suite de malles vermoulues ne jalonnait le plancher, net comme un pont de paquebot.

Il y faisait froid, et le vent, rasant les tuiles de la toiture, emplissait l'espace de miaulements et de soupirs.

Je déposai le piège à tout hasard et battis en retraite, me promettant de limiter à cette courte intrusion dans les combles de Malpertuis le service rendu au cousin Philarète.

Deux jours se passèrent.

Ce matin j'avais été réveillé plus tôt que de coutume par une rafale si brutale qu'elle avait failli défoncer la porte-fenêtre de ma chambre. Je vis, dans la grisaille d'une aube sinistre, teintée de lueurs citrines au levant, le jardin en proie à la fureur rugissante d'une pluie diluvienne.

Je frissonnai, un froid humide se glissa comme une couleuvre sous les draps. Je songeai qu'à cette heure Élodie devait déjà activer les feux de la cuisine et qu'il y ferait chaud et bon.

Je quittai ma chambre à la hâte.

Une clarté blafarde rôdait par les couloirs où les lampes éteintes laissaient traîner une odeur grasse d'huile refroidie et de mèches carbonisées.

J'atteignis le hall du rez-de-chaussée qui aboutissait aux escaliers des cuisines, quand soudain, dans l'ombre, à travers les barreaux, une main livide me saisit aux épaules.

Je poussai un cri.

— Chut ! Chut ! n'appelez personne... il ne faut pas qu'on le sache, supplia une voix lamentable.

Je me trouvai en face de Lampernisse.

Il tremblait de tous ses membres et sa silhouette décharnée s'agitait comme un buisson sous l'orage.

— C'est vous qui avez posé le piège, gémissait-il. Alors... vous saviez... ? Je n'aurai jamais osé... Eh bien... l'un d'eux s'y est pris ! Venez le voir, moi je n'oserais jamais y aller seul. Je me tiendrai derrière vous, loin derrière vous. Croyez-vous que ce sont eux qui éteignent les lampes ?

Il était inutile de s'opposer à la volonté du vieux, sa main serrait mon bras comme un étau et il m'attirait dans l'escalier avec une vigueur surprenante.

Je refis l'ascension de l'avant-veille, cette fois-ci avec une vélocité déconcertante, car Lampernisse m'emportait littéralement. Jamais il n'avait dû être plus loquace qu'en ces minutes fébriles, ni plus heureux, car, dans l'infâme broussaille de son visage, ses yeux brillaient d'une joie de brasier.

Il s'approcha de moi d'un air de mystère, comme pour une grave confidence :

— Au fond, je sais bien que c'est *Lui*... Mais pourquoi ne pourrait-il oublier. *Lui* aussi, et en même temps m'oublier moi ? Les heures et les puissances sont soumises ici à d'étranges volontés qui tour à tour imposent l'oubli et le souvenir. Et s'*Il* avait oublié et que ce fussent eux qui éteignent les lampes ? Je crois les connaître. De rage d'être petits, ils singent ce qui est grand. Mais ils ne sont pas inscrits sur le rôle du destin, aucune tâche ne leur y fut assignée. Alors on pourrait les prendre à un méchant piège à rats... aha ! et leur compte serait bon. Je les tuerais, je leur ferais subir des tortures et garderais mes lampes allumées, sans que personne osât encore me voler les couleurs ?

— Je ne sais de qui vous parlez, ni ne vous comprends, Lampernisse, dis-je doucement.

— Ah, dit-il, en vérité, ici on ne pourrait répondre autrement.

Son fébrile entrain tomba en atteignant les derniers échelons du raidillon des greniers.

— Attendez, murmura-t-il, n'entendez-vous rien ?

Il tremblait si fort que ses frissons se communiquaient à mon corps comme de brèves décharges d'une bouteille de Leyde.

Oui, j'entendais en effet...

C'était un bruit mince et aigu, vrillant le tympan, celui d'une lime minuscule maniée avec frénésie.

Par moments, il se coupait de courtes haltes pendant lesquelles on entendait un pépiement d'oiseaux en colère.

— Mon Dieu ! sanglotait Lampernisse, *ON* le délivre ! Je le repoussai en le raillant.

— Depuis quand les rats se servent-ils de limes de fer pour ouvrir les pièges à leurs camarades ?

Les griffes livides du vieillard s'abattirent sur moi comme des serres de rapaces.

— Ne dites plus rien... et surtout n'ouvrez pas la trappe ! Ils se répandraient par toute la maison ! Il n'y aurait plus jamais de lumière ! Entendez-vous, malheureux ? Ni lampes, ni soleil, ni lune... ce serait la nuit éternelle de la damnation. Allons-nous-en !

Derrière la trappe, j'entendis un claquement sec de tige rompue, un appel aigu, et puis des rires.

Oh ! des rires tout menus, mais tellement stridents, qu'ils semblaient faits de pinces et de lames...

Je me débattis contre l'étreinte de Lampernisse et, d'une sournoise ruade qui lui arracha un gémissement de souffrance, je me libérai.

— Je veux voir ! m'écriai-je avec énergie.

Le vieux eut un rauquement sauvage et se laissa tomber ; un moment après, je l'entendis dégringoler les escaliers en poussant de lugubres lamentations.

À présent, le silence régnait derrière la trappe.

Je la poussai des épaules.

De blêmes lueurs d'aube filtraient par les lucarnes ; à quelques pieds de moi se trouvait le piège aux grillages éventrés.

Je le soulevai avec terreur et dégoût : une perle rouge brillait faiblement sur la planchette de buis frotté ; larme de sang frais.

Et, à un pouce de là, s'agrippant à l'un des appâts...

Une main.

Une main coupée, à la section rose et nette.

Une main parfaite, à la peau fine et brune, grande comme... une mouche vulgaire.

Mais à chacun des doigts de cette affreuse miniature, poussait un ongle pointu comme une aiguille, d'une longueur démesurée. Je rejetai loin de moi, dans le coin le plus sombre, le piège et sa hideuse merveille.

Il faisait encore nuit dans le grenier où l'aube grandissait à peine, et dans la demi-ténèbre, je vis...

Je vis quelque chose dont la taille ne devait pas dépasser celle d'un rat ordinaire...

C'était un être à formes humaines, mais hideusement naines. Derrière lui, d'autres identiques en tous points se pressaient. C'étaient des marmousets, d'immondes insectes ayant dérobé à la Divinité une image sacrée par la ressemblance. Et ces êtres, pourtant minuscules, étaient l'expression même de l'horreur, de la colère, de la haine et de la menace.

Je poussai un cri strident, prévoyant l'assaut des

monstruosités minuscules, et ma retraite ressembla en tous points à celle de Lampernisse ; je me laissai tomber du raidillon, je bondis du haut des marches, je traversais en flèche le vaste espace des paliers.

Alors je revis Lampernisse.

Il galopait à travers les couloirs, brandissant un flambeau à longue flamme rouge. Il se ruait de lampe en lampe, boutant le feu aux mèches, faisant naître dans le noir des ronds de lumière jaune.

Mais j'assistai impuissant et terrifié à sa vaine lutte contre les ténèbres de Malpertuis.

À peine avait-il donné le jour à une flamme de lampe, qu'une ombre véloce se détachait de la muraille, fondait sur elle, la soufflait et réinstallait la nuit dans la place.

Alors Lampernisse cria : le flambeau était mort dans ses mains.

~

Je ne revis plus le fantoche pendant les jours qui suivirent, mais aux heures obscures, je l'entendais, comme toujours, passer en gémissant.

Le cousin Philarète ne me parla plus de son piège et je n'eus garde de le faire pour ma part.

Un autre événement, sinistre entre tous, devait accaparer toute la somme d'angoisse de mon être.

Dans le hall du rez-de-chaussée, le gong venait de sonner pour le dîner. Tout le monde se hâtait de répondre à cet appel.

La porte du cousin Philarète s'ouvrait la première et dans l'escalier, le bonhomme hélait, d'une voix joyeuse, son ami le Dr Sambucque :

— Que mangeons-nous ce soir, doc' ? J'ai grand-faim... On ne s'imaginerait jamais comme la taxidermie creuse l'estomac.

— Et le vieux médecin de répondre :

— Ce sera certainement du gigot de canemuche !

Les pas des dames Cormélon sonnaient sur les dalles sonores avec un bruit d'escouade ; quant aux Dideloo, ils étaient toujours installés dans la salle à manger avant le coup de gong.

On entendait crier la poulie du monte-plats et les Griboin s'affairaient. Nancy, en bonne maîtresse de maison, était la première à son poste, auprès de la table et des services.

L'appel me surprenait souvent dans une partie éloignée de la maison, parfois au jardin, lorsque le temps n'était pas trop méchant.

Ce soir-là, ce fut au salon jaune, où je venais de chiper deux ou trois torsades de cire que je comptais poser à côté de l'écuelle à brouet de Lampernisse, sachant que le présent lui serait agréable.

Je refermais la porte et m'acheminais sans hâte vers la salle à manger, quand je vis au fond du couloir le tablier lumineux du magasin de couleurs.

J'en fus surpris ; ordinairement Mathias Krook éteignait le gaz et fermait la boutique dès le départ de Nancy. Il allait vivement prendre son repas dans une gargote du voisinage et, la dernière bouchée avalée, venait retrouver ma sœur sur le seuil de Malpertuis, où ils restaient à bavarder et à rire jusqu'à la nuit close.

Depuis quelque temps, j'avais formé le projet de raconter mon aventure du grenier à quelqu'un qui eût accepté mes singulières confidences sans sourire.

J'avais pensé naturellement à l'abbé Doucedame, mais il n'avait pas fait de réapparition à Malpertuis.

À l'endroit de Mathias Krook, je ressentais une sympathie assez marquée, bien que j'eusse rarement l'occasion de m'entretenir longuement avec lui.

Il avait un joli visage de fille, souriait de toutes ses dents blanches, me faisait de loin des gestes d'amitié.

Son agréable voix de ténorino, montant parfois du fond de son officine, faisait oublier les trop lourds silences de Malpertuis. Nancy assurait qu'il composait lui-même ses chansons et l'une d'elles chantera funèbrement dans ma mémoire jusqu'à mon terme terrestre. L'air très attrayant, d'un rythme de valse lente, s'adaptait, avec quelques hésitations, aux magnifiques paroles du *Cantique des Cantiques* :

Je suis la rose de Saaron, et le lys de la vallée...
Ton nom est comme un parfum répandu...

Nancy l'aimait beaucoup et, en ses moments de bonne humeur, elle ne se lassait pas de le fredonner.

Comme je regardais le magasin éclairé, la voix de Mathias s'éleva et le *Cantique des Cantiques* parla d'amour et de beauté dans la nuit hostile de la maison.

Je guettais depuis trop longtemps l'occasion de pouvoir m'entretenir seul avec Mathias Krook pour la laisser échapper.

Vivement, je parcourus le couloir et j'entrai dans la boutique de couleurs.

À mon étonnement, je la trouvai vide de toute présence, alors que le chant s'élevait tout près de moi.

— *Je suis la rose de Saaron...*

— Mathias ! appelai-je.

— *Et le lys de la vallée !*

— Mathias Krook, répétai-je.

— *Ton nom est comme un parfum répandu...*

Le chant cessa; je n'entendis plus que le murmure pressé du papillon de gaz au bout de son tube de cuivre.

— Eh bien! Mathias, pourquoi vous cachez-vous, Je voudrais vous demander... non, vous raconter plutôt...

— *Je suis la rose de Saaron...*

Je fis un bon en arrière, heurtant le comptoir.

La voix s'élevait de nouveau, c'était bien celle de Mathias, mais elle montait avec une ampleur soudain accrue.

— *Et le lys de la vallée...*

Je portai la main aux oreilles. La chanson roulait comme un tonnerre, faisant vibrer le verre des bocaux et des vitres.

— *Ton nom est comme un parfum répandu!*

Je ne pus y tenir. Ce n'était plus une voix humaine mais une cataracte furieuse, un mascaret de sons et de notes qui se brisait contre les murs, ébranlait la voûte, grondait autour de moi en une effroyable tornade sonore.

J'allais m'enfuir, appelant au secours, quand je vis le chanteur.

Il se tenait dans l'angle de la porte et il était immense car il dépassait le comptoir bien plus que Mathias Krook ne le faisait d'habitude.

Mes regards glissaient le long de son corps; je ne voyais pas sa tête noyée dans l'ombre, mais ses mains, longues et blanches, ses genoux qu'il avait un peu aigus et qui pointaient sous le drap du pantalon, ses pieds enfin...

Ah! la dansante clarté du gaz qui allumait le vernis de ses chaussures passait sous elles.

Il y avait de la lumière sous les pieds de Mathias!

Et ses pieds reposaient, immobiles, sur le vide de

l'air... Mais il chantait, chantait, d'une voix épouvantable qui faisait frémir les verres gradués du comptoir, la balance romaine aux lourdes conques de cuivre, les mille choses inertes qui ne bougent jamais.

J'étais déjà au bout du vestibule, tout près de la salle à manger, quand je retrouvai une voix pour hurler mon horreur.

— Mathias est mort... il est pendu dans la boutique !

Derrière la porte, j'entendis le bruit argentin d'une fourchette qui tombait par terre, puis la chute bruyante d'une chaise ; les voix ne s'élevaient qu'après une longue minute d'énorme silence. Entre-temps, je répétai avec fureur :

— Pendu dans la boutique ! Pendu dans la boutique !

J'allais ajouter : Et il chante toujours ! quand les deux battants de la porte s'ouvrirent avec fracas : le monde se ruait en torrent dans le corridor.

Quelqu'un m'entraîna à sa suite, je crois que ce fut le cousin Philarète. Je ne revis pas Mathias, car les sœurs Cormélon se serraient les coudes sur le seuil de l'officine et masquaient la vue.

Au-dessus des têtes de l'oncle Dideloo et de la tante Sylvie, je vis au loin les bras nus de ma sœur, levés en un geste final de noyée.

J'entendis l'oncle bégayer :

— Mais non... puisque je vous dis que non...

Puis celle du Dr Sambucque, tranchante comme un fil de couteau :

— Nenni... Krook n'est pas pendu du tout... il est cloué la tête au mur !

Je répétai bêtement :

— Il est cloué la tête au mur !

Ici j'éprouve une grande difficulté à ordonner la suite

de mes souvenirs. Je pense aux paroles de Lampernisse : « D'étranges volontés vous imposent tour à tour l'oubli et le souvenir. » J'ajoute que tantôt, les habitants de Malpertuis semblent agir en pleine connaissance de cause, qu'il n'existe pas de mystère pour eux et, qu'en d'autres jours ils ne sont plus que de pauvres créatures frémissantes de frayeur devant l'inconnu qui se prépare. Je crois parfois qu'il suffirait d'un effort pour qu'à certaines heures je sois éclairé, mais qu'un fatalisme reposant m'empêche de m'y résoudre...

Pour le moment, sans pensées, je me livrai au reflux qui me rejeta avec des ombres gesticulantes et hurlantes dans la salle à manger, mais avant d'y arriver une vision rapide me passa devant les yeux. À côté du buste du dieu Terme, près d'une lampe qui filait à longues pointes de feu, se tenait Lampernisse, ses mains sur les épaules de Nancy, et je crois l'avoir entendu murmurer :

— O déesse... lui non plus n'a pu garder les couleurs et la lumière !

Je ne puis dire comment, parmi nous, brusquement, apparut Eisengott. Il se tenait devant les habitants de Malpertuis comme un juge, au moment solennel de la sentence.

Il disait :

— Que cessent les plaintes et les vains discours !

» Personne ne doit savoir ce qui se passe dans Malpertuis !

» Et ne pourrait le savoir !

Il entrecoupait ces paroles de silences, comme s'il répondait à des questions inaudibles.

Le cousin Philarète s'avança et dit :

— Eisengott, je ferai ce qu'il faut.

Il sortit, suivi du Dr Sambucque dont la petite taille

s'était redressée. Leurs pas se dirigeaient vers le magasin de couleurs et s'éteignirent bientôt.

— Et vous tous reprendrez votre vie, comme l'a voulu Cassave ! conclut Eisengott.

Sa barbe était de neige pure et ses yeux brûlaient comme des escarboucles.

Seule Élodie parla :

— Je prierai, dit-elle.

Eisengott ne se tourna pas vers elle, bien que cette parole forte lui fût adressée.

Et la vie reprit son cours en effet, comme si un lourd trait au goudron avait été passé sur l'atroce événement de cette soirée.

Nancy reprit, dès le lendemain, sa place dans le magasin ; elle s'y tenait seule sous la clarté rousse du gaz, servant des pratiques de plus en plus rares. Je ne la vis pas pleurer ni ne l'entendis se plaindre.

Peut-être étais-je seul à y penser encore, bien que cette pensée fût trouble et vague ; j'essayai de me rappeler quelle avait été l'attitude de ma cousine d'Euryale pendant les moments tragiques et j'acquis l'effarante certitude qu'elle n'avait pas suivi la ruée horrifiée des autres vers la sanglante boutique, qu'elle était restée immobile sur sa chaise, les yeux fixés sur son assiette, dans une attitude d'indifférence ou de complète absence mentale.

La formidable volonté de Malpertuis venait de se manifester à ses prisonniers qui, sans plus, courbaient le front.

Ainsi je ne dis à personne qu'une main grande comme une mouche gisait, tranchée, dans un coin du grenier, et que Mathias Krook, mort, la tête clouée au mur, chantait effroyablement le *Cantique des Cantiques*.

Chapitre quatrième

LA MAISON DU QUAI DE LA BALISE

Qui donc marche, veille et guette dans cette maison ?

PORITZKY
(Gespenstergeschichte)

Je ne puis prétendre que les heures d'effroi se suivaient, dans Malpertuis, selon une norme inexorable, qu'elles adoptaient, dans l'épouvante, une régularité de marées ou de phases lunaires, comme dans la fatale maison des Atrides.

Me rapportant aux belles études de M. Fresnel, je serais enclin à invoquer le phénomène des interférences, pour essayer d'expliquer le flux et le reflux dans le déchaînement des forces mauvaises de Malpertuis. Ainsi se produit en quelque sorte un phénomène de « battement » où l'intensité de ces forces varie avec le temps.

L'abbé Doucedame, qui montre une aversion de plus

en plus marquée pour un tel sujet d'entretien, a bien voulu me parler d'un certain «pli dans l'espace» pour expliquer la juxtaposition de deux mondes d'essence différente dont Malpertuis serait un abominable lieu de contact.

Ce n'est là qu'une image et l'abbé Doucedame prétend, avec une sombre satisfaction, qu'il me faudrait des connaissances mathématiques très étendues pour qu'elle se présentât, nette et lumineuse, à mon entendement.

De cette manière, il me laisse, sans remords, le bandeau sur les yeux, car je ne fus ni ne serai jamais un foudre de science et de savoir.

Il y a donc des trêves dans le malheur et l'abomination, pendant lesquelles l'esprit des ténèbres se recueille ou nous oublie, nous laisse jouir de paix et de quiétude.

Le cousin Philarète devient fort aux échecs et stupéfie son maître, le Dr Sambucque, qui grogne, le nez sur l'échiquier:

— Philarète, mon garçon, tu es un cachottier qui a déniché quelque part un excellent traité de jeu, ou bien un pendard à qui la chance fait les yeux doux.

Le taxidermiste se trémousse sur sa chaise, buvant du lait, et Sambucque continue:

— Cette combinaison du cavalier et de la tour, appuyée sur le sacrifice du pion du valet... eh! eh! mon gaillard, c'est une trouvaille, et je m'y suis laissé prendre!

La tante Sylvie a brodé un dessin compliqué et Éléonore Cormélon la complimente sans détours:

— C'est de l'antique, madame!

Rosalie ne veut pas rester en défaut:

— On dirait un beau chat endormi.

La tante Sylvie s'explique:

— Euryale m'a fourni le modèle.

Ma cousine condescend à éclairer leur lanterne.

— C'est le lion du djebel.

Alice lui dédie un sourire qui ne manque pas de séduction.

— Vous dessinez très bien, mademoiselle Euryale, et ce que vous faites en ce moment est un portrait, mais je me demande de qui.

Euryale dit :

— C'est la tête de la princesse Nofrit.

Je me mêle à la conversation :

— C'est de l'art égyptien.

— Merci de nous l'avoir dit, répond Euryale avec une ironie qui m'est pénible.

Je lui jette un regard noir, qu'elle dédaigne : je suis bien proche de l'aimer de tout mon être ou de la détester de toutes mes forces. Depuis le premier soir où sa main se riva dans mon cou et qu'une promesse prodigieuse tomba de ses lèvres, elle affecte d'ignorer mon existence.

À plusieurs reprises, et de plus en plus timidement, je lui ai glissé quelques propositions de rencontre au jardin ou dans la bibliothèque. Parfois elle m'a répondu par un refus dur et bref, d'autres fois elle m'a tourné le dos sans desserrer les dents.

Je pense qu'elle porte des toilettes de vieille femme, que ses cheveux feraient le désespoir d'un démêloir, qu'elle a un visage de pierre, qu'elle est vilaine, vilaine...

Ce jour, je lui disais :

— Tu sais, Euryale, demain j'aurai vingt ans !

Elle me répondit :

— Tu pourras presque quitter le berceau.

Je me suis promis de me venger de cette injure, sans toutefois savoir comment je pourrais le faire.

Eh!... pourtant j'ai une idée, mais elle est vague, confuse, et me fait trembler et rougir.

Nancy n'a rien changé à son mode d'existence, elle me semble un peu plus pâle et ses yeux sont cernés d'ombre bleue; elle n'en est que plus belle et l'oncle Dideloo frissonne quand d'aventure sa robe l'effleure.

Au-dehors la pluie a cessé, mais l'automne, en dépouillant son ciel de nuées, a libéré un vent d'Est raide et sec qui annonce l'approche de l'hiver.

Le jardin n'affecte plus cette apparence hostile et je me suis décidé à lui consacrer quelques heures quand le soleil, encore relativement tiède, en prend possession.

Ce projet avorte d'ailleurs régulièrement.

C'est à peine si je pousse une pointe jusqu'aux abords de l'étang; arrivé là, le froid me saisit, je frissonne, je serre autour de mon cou le foulard de soie sans lequel Élodie me défend de sortir, et je retourne à la maison.

Je me dis alors que je reviendrai le lendemain et je ne reviens pas. Pourquoi? Je sens que la raison est *en dehors de moi*.

Quelque chose, une force sans doute, estime que je n'ai rien à y faire, que *ce qu'il me faut y voir* n'appartient pas encore au temps, et je suis rendu aux mornes heures de la vie quotidienne.

Après les repas, nous restons plus longtemps réunis dans la salle à manger et parfois dans un petit salon circulaire, banal mais familier, et qu'égaye un splendide feu ouvert.

Les fauteuils y sont larges et profonds, le tapis de haute laine est épais et moelleux, dans un des bahuts se trouve une ample cave à liqueurs que les hommes apprécient.

Voici que nous y sommes installés; même Nancy est

des nôtres; elle a consenti à remplacer l'oncle Dideloo au whist des dames Cormélon.

Nancy joue mal, Alice n'est guère plus habile et ses sœurs en sont mécontentes.

Tout à coup Rosalie s'exclame:

— Tu joues comme une enfant, on ne dirait pas que tu auras bientôt trente-cinq ans, Alecta!

Alice sursaute et je vois un éclair d'effroi et de colère dans ses yeux sombres.

Peut-être qu'elle ne désirait guère entendre révéler son âge, peut-être...

Eh! on dirait que l'aînée, elle aussi, n'approuve pas les dires de la puînée; sa main se pose sur le bras de Rosalie qui retient une grimace de souffrance. Pourquoi l'a-t-elle appelée Alecta? Cela ne diffère pas beaucoup du nom d'Alice, mais j'emporte l'impression que la cause du mécontentement d'Éléonore Cormélon est là.

Sambucque aussi l'a remarqué.

Il a levé la tête et l'expression de son visage ridé me paraît fort énigmatique.

Haussons les épaules... Il faut que les journées soient bien ternes pour qu'on puisse prêter quelque attention à de si menues choses.

Au fond, malgré ma rancune, je n'ai d'yeux que pour Euryale qui, penchée sur un cahier, le crayon aux doigts, dessine.

Mais soudain mon être se crispe: tout en ne m'accordant pas le moindre regard, la madrée m'a observé dans un miroir, et le portrait qui s'étale, grotesque, enlaidi à dessein, c'est le mien!

Je quitte le salon, le cœur gros; seul le sourire d'Alice accompagne mon départ.

J'erre dans la maison vide où quelques lampes brûlent

déjà. Depuis de nombreux jours, elles ne s'éteignent pas et Lampernisse ne rôde plus, lamentable âme en peine, par les couloirs hantés ; on le rencontre même à la cuisine où il consent à goûter aux gaufres et aux crêpes d'Élodie.

Je retourne à une occupation qui, depuis quelque temps, me procure un bien innocent plaisir : j'espionne les Griboin ! Pauvre passe-temps s'il en fut et qui n'est guère fécond en découvertes.

Par une petite fenêtre carrée dont le rideau est à moitié tombé, je parviens à les observer sans être vu. Leur loge de concierge, qui leur sert également de cuisine, est fort exiguë et plus sombre qu'aucune des pièces de la maison. Un jour blafard y pénètre par une fenêtre d'imposte, allongeant les moindres objets d'ombres grotesques. Quand les services de la maison ne les réclament pas, les Griboin s'y tiennent près d'une table en bois blanc recouverte d'un vieux tapis de peluche rouge.

Griboin, coiffé d'un bonnet grec à floche, fume une longue pipe brune ; sa femme, les mains posées à plat sur les genoux, rêve, les yeux fixés, sans voir, sur les figurines d'une grosse image d'Épinal illustrant le mur d'en face. C'est bien rare qu'ils s'adressent la parole.

Il n'y a vraiment rien à voir à cette double immobilité, et pourtant je passe un temps appréciable, derrière la petite fenêtre au rideau tombé, à la guetter et j'essaye de comprendre ce qui se passe dans ces deux créatures heureuses de leur inertie et de leur silence.

Tout de même, il y a des moments où les Griboin secouent la chape de plomb qui les tient écrasés.

La femme disparaît dans un coin où l'ombre la couvre tout entière ; quand elle réapparaît, elle tient un sac de cuir brun dans ses bras. Alors Griboin dépose sa pipe et passe une langue pointue sur ses lèvres noires : ils vont compter leur argent.

Ils comptent ! Ils comptent !

Leurs visages changent ; à présent ce sont deux énormes rats, aux pattes griffues, qui bâtissent des piles d'écus et de jaunets.

Leurs lèvres racornies bougent, j'y lis une numération montante, entrecoupée d'un mot d'ordre inaudible :

— Économisons ! Économisons !

Les monnaies d'or et d'argent ne tintent pas, et quand la femme Griboin les ratisse d'un geste d'aragne pour les faire réintégrer la bourse de cuir, elles le font sans aucun bruit.

La femme replonge dans le coin ; puis elle reprend sa place à la table, ses mains s'allongent sur ses genoux, et Griboin rallume sa pipe à un fumeron dont je sens l'infecte odeur venir jusqu'à moi à travers la vitre de mon poste de guet.

Alors il me vient à l'idée que je puis leur faire peur. Un jour, sans savoir pourquoi, je criai brusquement : Tchiek !...

Un tremblement de terre n'eût pas secoué davantage les deux retraités, ivres d'argent et de solitude.

Il me faut retourner en arrière pour que l'on puisse comprendre.

Il n'y a jamais à Malpertuis, de visiteurs autres que ceux que j'ai nommés, à l'exception toutefois d'une créature tellement falote que la plupart des habitants continueront toujours à l'ignorer.

Une fois par semaine, la Griboin procède à un récurage complet de l'immense maison et, grâce à celui qui l'aide à l'ouvrage, tout y reluit et resplendit en quelques heures.

Ce serviteur habillé d'une grossière robe de bure, coiffé d'une sorte de tricorne qui semble vissé sur son énorme tête ronde, se présente sous la forme repoussante d'une barrique montée sur d'épaisses jambes en pieds de marmite ; des bras d'une longueur simiesque achèvent cette grossière ébauche de corps humain. Il soulève de formidables seaux de bois remplis d'eau, manie avec une vigueur indescriptible de fantastiques balais et des torchons larges comme des couvertures.

Les objets les plus lourds paraissent glisser ou se soulever d'eux-mêmes, à son approche ; malgré sa masse, il se déplace et besogne avec une incroyable vélocité. Quand il débite en menus rondins les stères de bois à brûler, son couperet danse dans l'air et les copeaux bruissent autour de lui comme les grêlons d'une giboulée.

Je n'ai eu garde de questionner les Griboin à son sujet : *on ne pose pas de pareilles questions dans Malpertuis*, c'est une règle qu'on y adopte immédiatement de son propre vouloir.

J'ai voulu, un jour, voir son visage, ce qui me valut un beau recul de dégoût : ce visage était absent.

Il n'y avait, dans l'ombre du tricorne, qu'une large surface de chair rose et luisante, présentant trois fentes minces à l'endroit des yeux et de la bouche.

La Griboin le dirigeait du geste et ne lui adressait jamais la parole ; de son côté, il n'émettait qu'à de rares intervalles un son unique et bref, comme le claquement de bec d'un engoulevent crépusculaire :

— Tchiek ! Tchiek !

D'où venait-il ? Où s'en allait-il, la besogne terminée ?

Une seule fois, je vis la Griboin le conduire par le jardin et disparaître avec lui sous les arbres.

Un jour, au moment où les époux avaient, leur joie d'avares satisfaite, repris leur morne attitude, je poussai le cri : Tchiek ! Tchiek ! et, ma foi, je l'imitai fort bien.

Griboin laissa tomber sa pipe et sa femme jeta les bras en l'air en poussant un hululement farouche.

Ils se ruèrent en même temps vers la porte, poussèrent les verrous, y mirent la table et des chaises en barricade.

Griboin décrocha quelque part dans l'obscurité de la loge un long sabre d'abordage et je l'entendis glapir avec colère :

— C'est toi... c'est toi... qui d'autre que toi ?

Elle gémissait, hagarde :

— Et je te dis que c'est impossible ! Complètement im-pos-si-ble !

Je jugeai bon de ne pas répéter ce tour si bien réussi, craignant je ne sais quelle redoutable découverte, mais je sus que Malpertuis renfermait un mystère de plus.

Un matin de la semaine de mes vingt ans, je descendis à la cuisine, à l'heure où Élodie activait ses fourneaux pour le déjeuner. Le Dr Sambucque lui tenait compagnie en buvant un doigt de vin d'Espagne et en grignotant des biscuits.

— Élodie, demandai-je, donne-moi la clé de notre maison.

— De notre maison ? fit notre bonne, étonnée.

— Mais oui, notre maison du quai de la Balise ; après le dîner, je veux m'y rendre.

C'était la première fois, depuis notre entrée à Malpertuis, que je décidais de m'en échapper pour quelques heures. Élodie hésitait, je lisais de la réprobation et de la crainte dans son honnête regard.

Sambucque chantonna :

— Quand les ailes poussent...

Élodie rougit et dit tout bas:

— Il faut avoir honte!

— Mais non, protesta le docteur, bien au contraire. Si l'empereur de Cathay vécut dans l'admiration, le respect et l'amour de ses cent millions de sujets, c'est parce qu'à l'âge de dix ans il entretenait déjà sept cents épouses.

— Je l'ai tenu dans mes bras, si petit, et penser que...

Élodie se détourna et je l'entendis étouffer un sanglot.

— Donnez-lui la clé tout de même, Élodie.

Avec un gros soupir elle alla fouiller le tiroir d'une profonde commode et me remit la clé demandée, sans ajouter un mot.

Je m'esquivai, une étrange et délicieuse angoisse au cœur; dans l'obscurité de l'escalier, j'entendis le frémissement d'une robe mais ne vis personne.

Au déjeuner, je touchai à peine aux plats et me fis railler par le cousin Philarète qui faisait largement honneur à de copieuses grillades et de non moins plantureuses volailles.

Sournoisement, j'épiais les autres, comme si mes moindres gestes eussent trahi mon projet de magnifique évasion.

Ils étaient, comme toujours, indifférents à tout ce qui ne garnissait pas les plats et les assiettes.

L'oncle continuait à couler des regards vers Nancy aux pensées lointaines; Sambucque attirait l'attention de Philarète sur les finesses du menu; les sœur Cormélon, à l'exception d'Alice aux sourires rentrés, mangeaient comme si elles eussent été à la tâche, la tante Sylvie torchait son assiette à l'aide d'un énorme quignon; Euryale regardait les jeux de soleil dans son verre;

les Griboin glissaient silencieusement de l'un à l'autre, comme des pantins montés sur roulettes.

Au moment de franchir la porte de la rue, la crainte me vint d'une intervention mystérieuse qui m'eût empêché de mettre mon projet à exécution.

Je jetai un regard effrayé autour de moi, mais rien ne bougeait dans la pénombre éternelle du lieu; seul, au loin, le dieu Terme me regardait de ses yeux de pierre blanche.

La rue me reçut avec un large sourire; dans un rai oblique de soleil, des moineaux se battaient pour un fétu de paille; au loin, la crécelle d'un marchand de marée ronronnait.

Tout à coup d'autres visages surgirent dans la clarté dorée de l'après-midi; ils appartenaient à des gens quelconques, vaquant à d'ordinaires besognes, ils ne se tournaient pas même vers moi, mais j'aurais volontiers posé des baisers sur toutes ces joues inconnues.

Sur un pont en dos d'âne franchissant, d'une courte enjambée, l'eau verte de la rivière, un petit vieux laissait tremper un fil dans le courant.

— Malgré le froid j'ai pris deux brèmes, me cria-t-il comme je le dépassais.

Devant la vitrine d'une boulangerie, un mitron poudré de blanc déversa une hottée de petits pains frais, tout fumants, et à la fenêtre d'un cabaret, aux rideaux largement écartés, deux fumeurs de pipe heurtaient gravement leurs pots de grès bleu débordants de mousse fraîche.

Toutes ces images si simples respiraient la vie à grands flots; j'avalais l'air frisquet de la rue que semblaient parfumer les pains chauds et la bière mousseuse, et animer la chanson de la rivière et la joie du vieux pêcheur de brèmes.

Au tournant du quai de la Balise, notre maison parut, ses volets verts baissés.

La clé se prit un peu difficilement dans la serrure et la porte cria légèrement sur ses gonds en s'ouvrant. Ce furent les uniques reproches que me fit cette douce et quiète demeure pour un long abandon.

Je fis un salut à Nicolas Grandsire, grand et sévère dans son cadre d'or terni, et courus au petit salon, témoin de tant d'heures tranquilles.

Une vague odeur de renfermé et de vétiver y flottait, mais, dans la cheminée, le bois était prêt pour la flambée.

Dès les premières flammes, la maison se réveilla et se fit accueillante. Le large divan sur lequel Nancy entassait une invraisemblable quantité de coussins m'invita au repos ; des livres délaissés, mais jamais oubliés pourtant, allumèrent le prisme de leurs reliures bariolées derrière la vitre d'une armoire-bibliothèque.

Des bibelots essayaient, par coquetterie, de faire oublier qu'un peu de poussière ternissait leur beauté ; les conques de fasciolaires roses se remettaient à imiter le bruit de la mer à mon approche. D'innombrables menues tendresses se fondaient en une seule pour m'accueillir et me retenir parmi elles.

Dans un coin de la cheminée, je découvris la pipe en merisier de l'abbé Doucedame et son pot à tabac en grès verni.

Je redoutais les âpres joies du pétun, mais une pensée attendrie pour mon excellent maître me fit bourrer cette pipe et l'allumer.

Je m'étonnerai toujours de la manière triomphale dont j'entrai dans le paradis des fumeurs : mon être ne connut aucune révolte et, dès les premières bouffées, ma joie fut plénière.

Ce fut la triple joie de ma liberté temporairement reconquise, du décor retrouvé et de la solitaire initiation au tabac qui me fit oublier que j'attendais...

J'attendais je ne sais quoi, mais j'avais quitté Malpertuis dans la certitude de cette attente.

Et cette certitude, je la formulai à haute voix :

— J'attends... j'attends...

Je prenais à témoin les choses qui m'entouraient, je demandais une réponse aux bibelots vêtus de légère poussière, au grondement des conques marines, aux fines volutes de la fumée bleue.

— J'attends... j'attends...

Soudain la réponse vint : une grêle sonnette s'agita timidement dans le hall d'entrée.

Mon cœur se serra et, pendant quelques instants, la crainte me tint captif sur le divan, parmi le délice tiède des coussins.

La sonnette répéta son appel avec plus d'énergie.

Il me sembla qu'un temps très long s'écoulait entre le moment où je me levai du divan et celui où, dépassant dans le hall le portrait de Nicolas Grandsire, j'ouvris la porte.

Une silhouette voilée était là, dans la douceur dorée de l'après-midi ; elle entra sans bruit, glissa comme une ombre par le hall vers le salon où le divan la reçut.

Les voiles tombèrent, je reconnus un sourire, des mains fermes me saisirent aux épaules, me courbant en arrière, tandis que des lèvres brûlantes prirent les miennes.

Alice Cormélon était venue... Je savais à présent que c'était elle que j'attendais, *que ce ne pouvait être qu'elle...*

Dans l'air, les rondins enflammés soufflaient un parfum torride de résines grillées, la fumée du tabac avait une senteur d'épices et de miel, et des voiles et de la robe d'Alice qui tombaient avec des floc ! floc ! assourdis sur le tapis de laine bourrue, montait une haleine capiteuse de rose et d'ambre.

~

Le crépuscule glissait sur les pentes des toits assombris, le feu croulait en cendre et les miroirs s'emplissaient d'eau noire quand Alice renoua sa longue chevelure d'ébène et de jais.

— Il faut partir, murmura-t-elle dans un souffle.

— Nous resterons ici, dis-je en la serrant farouchement contre moi.

Elle se dégagea sans peine de ma pauvre étreinte; sous le merveilleux ivoire de ses bras, des muscles sans défaillance étaient au service de sa volonté.

— Alors, nous reviendrons...

Il faisait déjà trop sombre pour que je pusse lire dans ses yeux.

— Peut-être, soupira-t-elle.

Sa robe montait autour des formes qui avaient dévoilé leur adorable mystère, les voiles se rajustaient.

Tout à coup elle me prit dans ses bras, frémissant de terreur.

— Écoute... on marche dans la maison!

J'écoutai et frémis à mon tour; un pas lent et lourd s'avançait, faisant une sourde trouée dans le silence.

Je n'aurai pu dire s'il descendait de l'étage ou s'il montait des caves; son bruit emplissait l'espace, y régnait en maître, et pourtant il n'éveillait ni sonorité ni résonance.

Il avançait dans le hall et soudain s'arrêta devant la porte du salon où Alice et moi nous nous tenions immobiles, pétrifiés de terreur.

Je m'attendais à tout moment à voir cette porte tourner lentement sur ses gonds et s'ouvrir au mystère de ce bruit.

Elle ne s'ouvrit pas.

Mais dans le soir, une voix sombre et lente parla :

— Alecta ! Alecta ! Alecta !

Trois coups espacés furent frappés sur le bois et, par trois fois, mon cœur bondit dans ma poitrine comme si ces coups frappaient au fond de mon être.

Alice chancela, se raidit et brusquement ouvrit la porte.

Le hall était vide, la clarté verte du vitrail y coulait comme un reflet oublié de lune.

— Viens, dit-elle.

Nous nous trouvâmes dans la rue à l'heure douce où les lumières s'allumaient.

— Alecta..., dis-je.

Elle poussa un cri sauvage et me serra l'épaule à la briser.

— Jamais... entends-tu ? Jamais... ne prononce jamais ce nom, si tu ne veux pas que le malheur et l'épouvante soient sur toi !

Au coin du pont, elle me quitta sans un mot d'adieu et je ne sus quel chemin elle prit pour revenir à Malpertuis, puisqu'elle y fut avant mon retour et que je n'avais pas perdu un instant en route.

Élodie reprit la clé de mes mains, sans poser de questions.

Je m'assis à côté du feu où les rôtis pleuraient doucement dans les casseroles.

— Élodie, j'ai emporté la pipe de l'abbé Doucedame et son pot à tabac, je crois que je vais avoir grand plaisir à fumer.

Le Dr Sambucque qui venait d'entrer et avait entendu, m'approuva :

— Mon petit, vous m'en voyez bien aise. De vous savoir fumer la pipe, il me semble qu'un homme de plus vit sous le toit de Malpertuis, et Dieu sait que nous en avons peu !

Élodie ne souffla mot, elle était visiblement d'humeur morose.

Je quittai la cuisine, suivi de Sambucque.

Sur le palier, le petit docteur me prit le bras.

— Écoutez ! dit-il.

Au loin des gémissements s'élevaient.

— C'est Lampernisse qui recommence, les lampes s'éteignent de nouveau !

Il s'enfuit de son pas menu et sautillant d'oiseau.

Dans le vestibule, je me heurtai à Nancy ; elle m'attira dans le coin où trônait le dieu Terme et me regarda longuement à la clarté de la lampe de verre qui y brûlait.

— Oh Jiji, que se passe-t-il ?... Que t'arrive-t-il ? Tu es tout autre... et il y a à peine quelques heures que tu m'as quitté. Tu... tu ressembles tout à coup au portrait de notre père...

Elle posa sa lèvre sur mes cheveux mais se jeta brusquement en arrière, avec un cri de douleur.

— Tu sens la rose et l'ambre... oh, mon Jiji !

Elle s'enfuit dans le noir et je l'entendis pleurer avec violence.

Je restai sans bouger, accoudé au socle du dieu de pierre, quand une voix d'une tristesse déchirante s'éleva dans les ténèbres :

— La déesse pleure... on a volé la lumière à ses yeux et à son cœur!

La soirée s'acheva au salon en rotonde: échecs, whist et broderie — broderie, whist et échecs.

Alice ne fit aucune faute au jeu et fut complimentée; elle en rougit de plaisir.

Euryale se leva, laissa tomber le crayon qu'elle maniait mollement et tourna autour de la grande table.

Arrivée derrière Alice, elle s'arrêta et eut l'air de s'intéresser aux cartes; ce n'était guère aux cartons bariolés que s'attachaient ses regards, je m'en aperçus aussitôt, mais au cou d'Alice, ce col blanc, un peu long, infiniment gracieux, d'où mes lèvres s'étaient détachées avec tant de peine.

Le corps d'Euryale trépidait d'une vie méchante, ses mains se levaient, montaient à la hauteur de ce cou.

Alice souriait toujours, les pensées absentes, ignorant la colère muette de sa cousine.

Je n'éprouvais aucune crainte, un orgueilleux triomphe m'éclatait au cœur.

«Elle est jalouse! Euryale est jalouse!»

Je ne me demandais pas si elle était au courant de mon amoureuse équipée, je ne pouvais que jubiler intérieurement:

«Elle est jalouse!»

Pour un peu, j'aurais voulu voir ses griffes féroces enserrer le cou de la jeune femme, mais rien d'aussi final ne se passa; les mains d'Euryale retombèrent et s'évanouirent dans les plis de sa robe noire; elle reprit sa lente ronde autour de la table et se glissa derrière moi.

Je tenais le regard fixé sur le trumeau d'en face; par manque d'éclairage, il était complétement sombre.

Tout à coup, deux effroyables lucioles trouèrent sa

nuit et je revis, pour la seconde fois, les terribles yeux de tigre qui me fixaient ; mais cette fois, au lieu de laisser fluer d'énigmatiques lueurs d'opale, ils brûlaient d'une rage indescriptible.

Je ne tournai pas la tête.

Chapitre cinquième

EXIT DIDELOO... EXIT NANCY... EXIT TCHIEK...

Il est des crimes que Dieu seul peut venger.

(Le Livre d'Enoch)

Dans l'escalier, pour la troisième fois, j'ai glissé dans la main d'Alice un billet où je lui demande un second rendez-vous dans la maison du quai de la Balise.

« Glissez votre réponse sous le buste du dieu Terme », supplie-t-il en guise de finale.

Le dieu Terme et Cupidon, prince des amours, sont deux : au troisième appel, pressant et douloureux, un carré de papier porte en brève et unique réponse :

« Non ! »

Toutes mes ruses pour arriver à un tête-à-tête avec la plus jeune des dames Cormélon échouent.

Je guette Alice comme une proie ; elle se dérobe avec

une adresse qui tient de la malice, jusqu'au moment où le hasard me fournit la raison de son refus et achève de me briser le cœur.

C'était par un de ces jours neutres où rien ne vient troubler l'étrange sommeil de Malpertuis, où tout ce que la maison enclôt de mystérieux et de terrible est absent ou soumis à l'obscure loi de la trêve.

Dans le salon jaune où l'on vient si rarement, tant il est hostile à nos présences, l'oncle Dideloo écrivait d'une plume affairée.

La porte était entrebâillée et je le vis penché sur son ouvrage, le front moite, les yeux fiévreux.

Enfin, d'un geste nerveux, il sécha au buvard la feuille écrite, la mit sous enveloppe et quitta brusquement la pièce.

Je m'y glissai derrière lui et m'emparai du buvard.

L'écriture de l'oncle Dideloo était grosse et claire, tracée en outre d'une plume d'oie taillée en épaisseur, ce qui fit que le buvard la reproduisait fidèlement en renversée.

De là à la présenter à la révélation d'un miroir, il n'y avait qu'un pas. Mon cœur, mon pauvre cœur de vingt ans...

Mon Alice adorée,

Je veux te revoir, mais nos rencontres dans Malpertuis même deviennent de plus en plus hasardeuses. J'ai beau me dire que personne ne nous voit, je sens des yeux attentifs et combien dangereux braqués sur nous du fond de l'ombre. Il faut nous évader pour quelques heures de cette maison du péril. J'ai cherché un toit complaisant à nos tendresses et j'ai trouvé, enfin !

Retiens bien l'adresse : rue de la Tête-Perdue, 7.

C'est une ruelle que presque tout le monde ignore et

qui s'amorce au fond de la place des Ormes, pour finir au Pré-aux-Oies.

Au numéro 7 de cette ruelle habite la mère Groulle, une vieille femme à moitié sourde et aveugle qui aime beaucoup l'argent, mais n'est pas suffisamment sourde pour ne pas entendre les trois coups de sonnette qui lui font ouvrir la porte, même aux heures les plus nocturnes. Elle t'ouvrira donc, même si tu sonnes à minuit, et ne te reconnaîtra pas, ni même ne te regardera. Tu monteras l'escalier qui se trouve devant toi ; deux portes s'ouvrent sur le palier.

La chambre, notre chambre, *est celle qui donne sur le jardinet ; elle ne pourra que te plaire : au temps de son ancienne gloire, la mère Groulle a dû être une personne de goût.*

Je t'attendrai ce soir à minuit. Il n'est pas bien difficile de quitter Malpertuis où le sommeil est général à dix heures, quand on n'insiste pas trop au whist.

Ceci est un désir... Hélas ! mon Alice adorée, ne m'oblige pas à le changer en ordre. Dans ce cas, je t'appellerais Alecta...

Ton
Charles.

Je laissai retomber le buvard révélateur de tant de félonie et courus au jardin cacher mes larmes de rage et de honte.

Ce ne fut que lorsque les dernières séchèrent au rude vent du nord qui secouait les arbres, que je me souvins de la dernière phrase et de sa menace : « Dans ce cas, je t'appellerais Alecta ! »

Pourquoi ce nom, si voisin de celui d'Alice, remplit-il de courroux les yeux d'effraie de dame Éléonore Cormélon ?

Quelle voix mystérieuse l'avait prononcé dans le crépuscule de notre maison du quai de la Balise, et pourquoi Alice en avait-elle crié de frayeur, au point de me menacer ?

Les peines de cœur ne sont pas exemptes d'une âcre volupté ; je m'en rendis compte en retournant au salon jaune pour y retrouver le buvard et relire les mots qui m'avaient fait tant de mal.

Il n'y était plus.

Je ne m'en occupai pas outre mesure, supposant que l'oncle Dideloo, s'étant souvenu de son imprudence, l'avait repris.

Je retrouvai Alice au dîner : une légère rougeur aux joues, un peu de fièvre dans ses yeux m'apprirent que la lettre était arrivée à sa destination ; quant à l'attitude triomphante de l'oncle Dideloo, elle ne put me laisser dans le doute de la réponse :

Alice avait accepté l'aventure galante de minuit !

Peut-être que tout se serait terminé pour moi par une crise de larmes, un peu de rancœur et un oubli salutaire, si Dideloo, grisé par sa victoire, ne s'était imprudemment gaussé de ma jeunesse.

Le Dr Sambucque, en veine de discussion philosophique, se mit à discourir sur les vertus du grand âge en invoquant *De Senectute* de Cicéron.

Dideloo l'approuvait en renchérissant.

— Dire que les éducateurs, critiqua-t-il, laissent ce chef-d'œuvre aux mains de morveux dans le genre de notre ami Jean-Jacques. Ah ! voilà ce qu'on peut appeler jeter des perles aux cochons.

Je rougis de colère, ce qui sembla fort lui plaire.

— Ne vous fâchez pas, petit, conclut-il d'un ton doucereux et protecteur, il vous reste encore les toupies ronflantes et les billes d'agate.

Je grinçai des dents et quittai brusquement la salle à manger où je l'entendis rire aux éclats.

— Canaille, grondai-je, nous allons bien voir quelle tête vous ferez quand...

Une fois encore mon projet fut vague et tourmenté, et ne se précisa qu'à l'heure du souper, quand j'eus revu Alice.

La jalousie me pinçait le cœur, la rancune me montait à la tête comme un vin traître.

Cela décida de l'aventure...

~

Au coin de la rue du Vieux-Chantier, un veilleur de nuit, porteur d'une hallebarde, cria la demie de onze heures comme je refermais sans bruit la porte derrière moi.

L'oncle Dideloo avait bien prophétisé le moment du sommeil dans Malpertuis : à partir de dix heures tout y devint tranquille et sombre, à part les éternelles lampes étoilant les couloirs et qu'aucun esprit d'ombre ne venait menacer.

Une fête quelconque égayait encore la ville, car derrière les fenêtres rougies des cabarets on entendait des chants et des rires, et parfois je croisais des hommes avinés parlant à la lune.

Par-ci par-là, au fond des rues désertes, luisaient encore quelques feux mourants de lampions.

Pour arriver à la place des Ormes, il me fallait traverser une rue de réputation douteuse où les tavernes honteuses se coudoyaient. Au seuil l'une d'elles, un groupe de masques m'interpella:

— Viens nous offrir à boire, beau garçon!

Je continuai ma route sans détourner la tête, poursuivi par des quolibets et des plaisanteries grossières.

La rue s'achevait dans le noir, au long d'une rangée de maisons moroses qu'éclairait une lanterne suspendue.

Dans sa clarté, un noctambule se tenait immobile, les yeux levés vers le ciel. Il était drapé dans un manteau noir à capuchon et, en approchant, je vis que lui aussi participait à la fête moribonde, car un masque lui couvrait le visage.

Mais quel masque...

Je me souviens que, lorsque j'étais enfant, Élodie avait enlevé à un de mes livres d'images une gravure représentant le démon peignant des masques. Le Malin s'y penchait sur un visage de carton qu'il transformait, à rapides coups de pinceau, en une horreur sans nom.

D'avoir entrevu brièvement cette image, j'avais été pris de convulsions et Élodie l'avait soustraite pour tout de bon à mon attention horrifiée.

Or, le masque qui se levait vers les étoiles l'évoquait d'une manière si saisissante que je fis un bon de côté.

Le solitaire ne bougea pas, ne sembla pas s'apercevoir de ma présence ni de mon effroi. Il se tenait collé contre le mur, la tête levée, la clarté de la lanterne sur l'effroyable grimace de son faux visage.

Je le dépassai rapidement.

Arrivé au coin de la rue, je me retournai: il avait disparu. Je me trouvais sur la place des Ormes; les maisons s'y écartaient, faisant place à quelques arbres et élargissant un pan de ciel où montait un croissant de lune.

Pendant un instant, la faucille lunaire s'effaça, une grande ombre passant devant elle ; pourtant nul nuage ne troublait la pureté de ce ciel glacé.

L'ombre passa au-dessus des arbres, puis au-dessus des maisons ; devant moi, quelque chose chut par terre avec un bruit mou : je vis une petite chouette morte dont le ventre d'argent saignait.

~

J'avais sonné trois fois au n° 7 de la rue de la Tête-Perdue ; une vieille m'avait ouvert, griffé la main en prenant les pièces d'argent que je lui tendais et tourné aussitôt le dos.

Un escalier éclairé par une lampe vénitienne menait en étroites marches à l'étage.

Quelque part au rez-de-chaussée, la vieille femme se mit à dire à haute voix d'étranges choses qui s'adressaient à un chat.

En me penchant sur la rampe de l'escalier, je pouvais la voir tapie dans un énorme fauteuil de peluche, le chat qu'elle nommait Lupka sur les genoux.

Je me rendais compte que, depuis des années, la lumière s'était en grande partie dérobée à ses yeux et qu'elle vivait dans un continuel demi-sommeil qui lui rendait le repos complet inutile.

Quand la sonnette se mettait en branle, un frisson parcourant le dos de Lupka, elle savait qu'elle devait recevoir des visiteurs et leur argent.

Eh oui ! C'étaient d'étranges choses qu'elle psalmodiait.

— Les dieux reprennent goût à la vie, Lupka, mais c'est la détestable vie des hommes et rien de plus qui leur échoit. C'est bien fait, bien fait et je m'en réjouis. Attention ! Tu n'aimes pas que je te le dise... ni Lui, non plus, eh ! je m'en moque... pour ce que fut ma triste part !

— Trois fois l'eau de velours a coulé sur ta peau, Lupka, chantonna-t-elle ; j'ai ouvert et il m'a mis une pièce d'or dans la main. L'or est chaud et à travers la corne de ma chair, il caresse mon cœur ; l'argent est plus froid et sa douceur ne monte pas bien haut dans mes veines. Comment est-il, l'homme que mes yeux refusent de voir ? Dis-le donc, Lupka, dont les frissons sont le langage. Bien, bien, je sais à présent... une limace collée à la roue du destin, sur laquelle se lève le pied de Dieu.

» J'ai reçu de l'or chaud comme l'amour... et la main qui frôlait la mienne n'était pas tout à fait celle d'un homme. Peu me chaut... qui donc prétend s'opposer à la marche du destin ? Qui est-il ? Où est-il ? Que fait-il ? Que m'importe, dis-je, mais puisque le souffle qui anime la forêt de ta merveilleuse fourrure est bien bavard ce soir, je ne puis que lui prêter l'oreille. Une flamme qui palpite au vent de la douleur et de la crainte ? Que dis-tu ? Il s'agite dans l'autre chambre, attentif à tout ce qui se passe ou se passera dans la voisine ? Ah ! Lupka, il fut un temps où cela se traduisait par un seul mot : « jeunesse » !

» Tais-toi... tais-toi ! Je te défends de voir, Lupka !

» *Celle-là* n'a pas, par trois fois, tiré la sonnette d'amour, nul besoin n'en fut. Elle ne m'a pas donné d'or car je n'ai pas dû lui ouvrir la porte. Tais-toi, tais-toi... des étincelles crépitent sur tout ton être, et toi, qui es un démon, tu lui rends un hommage terrifié.

» Aha ! trois coups de sonnette, il faut que j'ouvre.

» Le reste appartient à la nuit.

Ainsi aux lisières du rêve, soliloquait la mère Groulle.

~

Des bruits montaient dans la cage d'escalier. Je quittai mon poste d'observation, ne sentant plus d'intérêt pour ces vaines paroles et réprimant la nausée qui me venait aux lèvres devant tant de déchéance.

Je gagnai la chambre donnant sur le jardinet.

La porte en était ouverte et elle était vide encore.

Avec un serrement de cœur, je reconnus que cette canaille de Dideloo n'avait ni menti ni exagéré en promettant à Alice un nid digne de l'amour.

Je me demande encore comment cette maison basse et fuligineuse, où l'air stagnait, lourd de remugles, pouvait, sous son toit moussu, abriter une telle merveille de chaude tendresse.

Dans des chandeliers de nacre brûlaient des bougies voilées d'une cape de soie transparente ; le feu de menues bûches crépitantes dansait, rose et bleu, au fond d'un âtre de marbre rare.

Il fallait quelque temps au regard pour découvrir des formes précises de meubles, tout était blanc, mauve et flou, comme au cœur d'une vaste boule de neige.

Une senteur têtue de tubéreuses flottait dans la tiède atmosphère, et sur une console d'argent une clepsydre comptait les instants à la chute cristalline de ses larmes.

Je restai une minute sous le charme avant de me rendre compte que dans ce décor de songe bleu allait mourir mon premier amour ; mais l'âpre sentiment de la jalousie fut remplacé soudain par un autre : une terreur sans nom régnait dans cette atmosphère d'abandon. Je sentais néanmoins que je restais étranger à cette incommensurable angoisse, qu'elle agissait en dehors de moi, que, tout en me frôlant, elle poursuivait un autre dessein.

Un désir violent me prit d'avertir Alice et même l'oncle Dideloo du péril que je pressentais, mais une volonté opposée à la mienne s'emparait déjà de mes gestes.

Je quittai la pièce à reculons et, comme un somnambule, gagnai l'autre chambre. Dans l'escalier, les pas se rapprochaient.

Pouah ! Un cloaque succédait à l'Éden blanc et mauve ; par les fenêtres que ni rideaux ni tentures ne voilaient, un insolent clair de lune éclairait sans vergogne la laideur et la sordidité du lieu.

La porte de ma retraite était ouverte et la lampe vénitienne éclairait le palier ; la silhouette de l'oncle Dideloo se dessina sur le faible fond bariolé.

Il me parut laid et ridicule dans son gros manteau puce à capeline et avec son petit chapeau de feutre rigide.

En montant l'escalier, il sifflait un des airs vulgaires qui m'avaient suivi dans les rues en fête.

Je l'entendis grogner de plaisir en entrant dans la chambre merveilleuse et l'instant d'après, à ma colère, il commença, de sa voix chevrotante, à chanter le *Cantique des Cantiques* du pauvre Mathias Krook.

Je suis la rose de Saaron...
Ton nom est comme un parfum répandu...

Ah ! le misérable, à cette chanson si émouvante sacrée par le sang de Mathias, il ajouta du sien sur un mode crapuleux qui me souleva le cœur :

Parfum répandu, répandu
Turlututu, Turlututu...
Trente-six jambes font dix-huit...

Il fallut la grandeur de l'épouvante pour m'empêcher de courir vers lui, de lui jeter mon mépris à la face et de le gifler à tour de bras. Car l'épouvante vint...

Une forme noire, immense, monta silencieusement les marches, dépassa la rampe de l'escalier, glissa vers la chambre d'amour où Dideloo continuait à bramer.

Je reconnus l'effroyable masque de la rue.

Il passa devant ma porte et le clair de lune l'inonda.

Je vis alors que ce que j'avais pris pour un repoussant visage de carton était une réalité hallucinante.

Le chaperon était tombé et découvrait la tête de l'intrus dans toute son horreur. Elle était énorme, d'une blancheur de craie et trouée par des prunelles sanglantes où vacillaient des flammes. La bouche, immense et noire, ricanait sur une denture de félin, aux canines démesurées, que léchait une étroite langue bifide.

Une vapeur noire ondoyait en une monstrueuse auréole autour de ce mufle d'enfer ; je la vis monter et descendre comme la poix en ébulition et soudain se piquer d'innombrables yeux fixes et cruels : des serpents laqués de ténèbres se tordaient et se battaient autour de ce crâne démoniaque.

La monstruosité resta quelques instants sans bouger, comme pour me laisser le temps d'emplir ma vision de sa hideur sans bornes, puis elle rejeta son manteau et des ailes membraneuses et des griffes de fer luisant apparurent.

Avec un hurlement qui fit chanceler toute la vétuste maison, elle se jeta dans la chambre où Dideloo chantait.

~

Je poussai à mon tour un appel de terreur et je voulus m'élancer hors de la chambre ; je crois même que, malgré mon indicible épouvante, je voulais me porter au secours du lamentable oncle Dideloo.

Quelque chose me retint.

Elle était posée sur mon bras et pesait comme du plomb.

C'était une main très grande et très belle, comme sculptée dans du vieil ivoire.

Elle sortait de la nuit et je ne voyais qu'elle.

Lentement, elle m'attira vers la fenêtre et je vis le ciel. Il était en proie à un invraisemblable tumulte ; je vis des ailes gigantesques ramer dans le clair de lune, des yeux s'allumer d'une violente fureur rouge, des serres monstrueuses griffer l'espace hanté. Au milieu de ces formes tourmentées par une rage infernale, à quinze toises du sol, une forme humaine se débattait avec désespoir et je reconnus l'oncle Dideloo.

Je criai, mais un roulement de tonnerre et des éclatements de foudre noyèrent ce faible appel de détresse.

La main d'ivoire ne pesait plus sur mon bras ; pourtant je la voyais encore, s'éloignant de moi comme une flamme blanche.

Mais à présent elle prolongeait une silhouette, bien vague toutefois dans l'obscurité de la chambre.

Une longue lévite... une barbe d'argent, de grands yeux sévères et en même temps infiniment tristes.

— Eisengott !

Il n'y avait plus personne pour me répondre, le fantôme s'était évanoui ; en sanglotant, je m'élançai hors de la détestable masure.

La tourmente avait cessé brusquement, le ciel était pur, tout à la splendeur diamantée des étoiles et à la douceur lunaire.

Je courus vers la place des Ormes et, de loin, je vis le corps étendu de l'oncle Dideloo.

Mais je ne m'approchai pas: une silhouette trapue s'était détachée de l'ombre des arbres.

Je reconnus le cousin Philarète.

Il marcha vers le cadavre, le souleva sans émotion et l'emporta dans la nuit.

~

Et personne ne parla plus de l'oncle Dideloo, PLUS JAMAIS !

Sous l'emprise de quelle mystérieuse volonté vivons-nous pour ne plus nous occuper de lui, comme s'il n'avait jamais été des nôtres, comme si jamais il n'avait existé ?

À table, la tante Sylvie était désormais assise aux côtés de Rosalie Cormélon, jadis voisine de l'oncle, et cela lui paraissait être la chose la plus naturelle du monde.

Une fois que nous étions seuls dans la cuisine, je prononçai le nom du disparu devant Élodie.

Elle me dit, sans lever les yeux qu'elle tenait fixés sur le feu:

— Prions ! Il nous faut beaucoup prier dans la vie.

Ce fut aux approches de la Noël que ma sœur Nancy nous quitta.

Elle le fit de la manière la plus simple.

Un matin que nous prenions le café à la cuisine,

Élodie, le Dr Sambucque et moi, elle entra, vêtue d'un ample manteau de drap et portant un sac de voyage.

— Je vous quitte, dit-elle. Je renonce à tous les avantages qui me furent promis. Si Dieu le veut, je veillerai de loin sur Jiji.

— Dieu vous accompagne, murmura Élodie sans manifester le moindre étonnement.

— Adieu, ma belle ! dit Sambucque en mordant, aussitôt dit, dans une mince tartine beurrée.

Je la rattrapai dans l'escalier et la retins par un pan de son manteau, mais elle me repoussa doucement.

— Ma destinée est de ne pas rester à Malpertuis, ce n'est sans doute pas la tienne, Jiji, dit-elle gravement.

— Tu retournes à notre maison du quai de la Balise, Nancy ?

Elle secoua sa splendide tête sombre.

— Oh non... oh non !

Elle partit sans plus tourner la tête, et la porte de la rue retomba derrière elle avec un bruit définitif de tonnerre.

Je me dirigeai vers le magasin de couleurs : il était vide.

Bocaux, verres, balances, caisses et bouteilles, tout avait disparu.

J'entendis un grignotement de souris dans un coin et j'y trouvai Lampernisse, vidant son écuelle de brouet.

Je lui racontai le départ de Nancy, mais il avait l'air de ne pas entendre et semblait prendre quelque plaisir à son pauvre repas.

Sur ce, par un temps de glace et de neige, arriva la Noël.

~

Avant d'en venir à cette nuit mémorable, qui apporta aux autres hommes la paix et l'espérance mais versa des flots d'immonde terreur sur Malpertuis, il convient de rapporter ici un double intermède qui ne pouvait qu'augmenter mon trouble et ma crainte. Le plus souvent, j'errais à travers la maison où tout le monde s'évitait en dehors des inéluctables heures de la communauté des repas. Deux ou trois fois, ces errances sans but précis me conduisirent au dernier étage, tout près de la trappe du grenier.

Je ne la soulevai pas; derrière cette barrière close régnait le silence, bien qu'il me semblât entendre parfois des pas très légers qui auraient pu être des fuites apeurées de souris ou des éveils furtifs de noctuelles arrachées pour quelques instants à leur somnolence hivernale. Assis au bas des marches, espérant je ne sais quoi qui fût de nature à détourner ma pensée de la détresse et de l'abandon qui obscurcissaient à jamais ma vie, je tirais de ma poche la pipe de l'abbé Doucedame et demandais un peu d'oubli aux sages délices du tabac.

Pendant une de ces minutes de relative euphorie, une porte s'ouvrit avec précaution et j'entendis un murmure de voix.

— Eh bien, Sambucque, me suis-je trompé, oui ou non?

C'était le cousin Philarète qui parlait sur un mode qui me parut fort anxieux.

— Eh! oui, on le dirait, répondit le docteur, c'est l'odeur de son damné tabac de Hollande, il n'y a que lui pour le fumer!

— Je te dis que l'abbé rôde par ici. Faut se méfier de ce ratichon!

— Il y a des semaines qu'il ne vient plus ! grogna le vieux médecin.

— Je te le dis, Sambucque, faut se méfier de lui, un Doucedame reste un Doucedame, même s'il porte soutane !

— Patience, mon ami, à tout prendre il n'y a plus si loin d'ici à la nuit de la chandeleur.

— Sst ! doc', tu dis des choses bien imprudentes, alors que toute la maison est encore pleine de l'odeur de son détestable tabac.

— Je te dis...

— Ne dis rien !

La porte fut refermée avec violence ; une rumeur lourde montait du rez-de-chaussée, entrecoupée de « Tchiek ! Tchiek ! » rageurs.

C'était jour de nettoyage et la femme Griboin devait piloter par les couloirs l'informe nettoyeur.

Les pas énormes de la puissante masse de chair montaient à présent vers moi, puis cessèrent brusquement.

Je me penchai au-dessus de la rampe d'escalier pour voir la femme Griboin faire brusquement demi-tour et redescendre les marches quatre à quatre, abandonnant son auxiliaire.

Tchiek se tenait immobile, comme un automate aux ressorts brusquement rompus, les bras ballants, les jambes écartées.

Je quittai mon observatoire et m'approchai de lui à le toucher.

— Tchiek ! murmurai-je. Tchiek !

Il ne bougea pas. Je lui touchai la main et la sentis froide et dure comme de la pierre.

— Tchiek !

Ma main frôla son front.

Je la retirai avec dégoût. Je touchais de nouveau une pierre glacée, mais cette fois-ci visqueuse comme si elle venait d'être tirée d'un égout.

— Ssst ! attention, petit maître !

Je levai vivement la tête : Lampernisse se penchait au-dessus de la rampe d'escalier à deux pieds de mon visage.

— Attention, petit maître, la Griboin revient !

— Qu'est-ce là ? demandai-je à voix basse en lui montrant la répugnante statue de chair.

Il se mit à rire.

— C'est rien !

— Mais encore ?

Lampernisse riait de plus belle.

— Tout à l'heure, quand la Griboin aura fini avec lui, tu n'as qu'à descendre au jardin. Tu sais où se trouve la petite remise en planches où Griboin garde ses engins de pêche ? Oui ? Eh bien ! soulève ses filets. Mais je te le dis, c'est rien... rien...

Et comme je restais devant lui, indécis et mécontent, il reprit cet air mystérieux de confidence que je lui vis un jour à l'approche des greniers.

— Rien... mais il fut quelque chose de grand, d'énorme. Cette brute soulevait des montagnes aussi aisément qu'il déplace aujourd'hui les seaux de la Griboin. Ivre de puissance et d'orgueil, il entreprit la plus formidable des révoltes ! Tchiek... Tchiek... c'est le bruit que font les corps des vaincus qui glissent dans l'abîme... Tchiek... Tchiek... à peine le cri d'un oiseau qui meurt !

Il s'enfuit tout à coup et cessa de rire, car la Griboin revenait.

Je reculai dans l'ombre et l'instant d'après j'entendis

de nouveau les « Tchiek ! Tchiek ! » de l'informe créature.

Dans l'après-midi, je suivis le conseil de Lampernisse.

La remise se trouvait à proximité de la haute muraille qui entourait le vaste jardin de Malpertuis, la porte, privée de loquet et de serrure, était entrouverte.

Les engins de pêche du père Griboin s'y trouvaient soigneusement rangés dans un coin, à côté de quelques instruments de jardinage et d'une brouette hors d'usage. Dans un autre coin, de gros filets bruns s'entassaient en hauteur.

Je les soulevai et mes mains frémirent en touchant un gros chapeau de feutre dur.

Tchiek était là, tassé sur lui-même, froid et inerte.

— J'ai dit : rien !

Je me retournai et je vis Lampernisse brandissant un gros dard rouillé.

— Rien... rien... voyez donc !

Avant que je pusse arrêter sa main, le dard avait frappé en plein la face de pierre.

Je criai d'effroi quand j'entendis un sifflement de serpent et vis soudain Tchiek s'affaisser et disparaître.

— Vous voyez ! triompha Lampernisse.

Il n'y avait plus, au milieu des filets de grosse corde brune, qu'une peau fripée mêlée à une bure poisseuse.

— Lampernisse, suppliai-je, il faut m'expliquer ce qui vient d'arriver !

— J'ai montré qu'il n'était... rien, s'esclaffa Lampernisse.

Mais tout à coup il redevint maussade et distant.

— Un esclave et c'est justice... Bah ! Philarète, cet ignoble valet de Cassave, s'en occupera s'il en vaut encore la peine, grogna-t-il en me quittant.

Je retournai à la maison; en gravissant le perron d'entrée, je sentis une caresse glacée sur ma joue : les premiers flocons de neige voltigeaient dans le crépuscule.

Chapitre sixième

LE CAUCHEMAR DE LA NOËL

Qui veut troubler les desseins divins par des discours sans connaissance ?
ZACHARIE

Que seraient les dieux, sans l'épouvante ?
(Imitation de l'Écriture)

La veille de Noël arriva, dépouillée de la joyeuse anxiété de la grande fête proche. Au matin, j'avais trouvé la cuisine noire et froide, ses feux morts. J'appelai Élodie, elle ne répondit pas et je sentis qu'elle aussi nous avait quittés, mais elle était partie sans un adieu, sans un regard jeté en arrière vers tout ce qu'elle avait aimé.

À midi, les Griboin servirent un repas détestable auquel personne ne toucha. Quelque chose d'indéfinissable flottait dans l'air, crainte, angoisse de l'attente, annonciation du malheur, que sais-je ?

Le Dr Sambucque, recroquevillé sur sa chaise, ressemblait à une maigre et hargneuse belette, s'apprêtant pour quelque final coup de dent. Le cousin Philarète me fixait de ses lourds yeux glauques mais ne me voyait pas, j'en étais certain.

Les dames Cormélon étaient des ombres immobiles ; comme elles étaient assises à contre-jour, je ne pouvais voir leurs visages.

Tante Sylvie, le dos collé au dossier de sa chaise, dormait la bouche ouverte, les dents brillantes.

Euryale...

Sa chaise était vide ; pourtant j'aurais juré que l'instant d'avant, elle était à sa place ordinaire, dans sa triste robe de madelonnette, les yeux perdus dans le vague ou fixés obstinément sur un dessin de la nappe ou de son assiette.

Je me retournai et vis les Griboin à leur poste auprès des tables à dessert, leurs visages d'une blancheur repoussante ; il est possible que le reflet de la neige en fût la cause.

Cette neige qui, depuis des jours, montait de toute sa patience blanche, ne tombait plus qu'à rares flocons.

Je ressentis le besoin de secouer l'immense torpeur qui pesait sur nous tous et, avec une peine énorme, je parvins à articuler quelques mots.

— Demain c'est la Noël !

— Ding !...

Le cartel frappa un coup retentissant.

La femme Griboin avait posé sur la table un épais pudding aux raisins qui était resté intact.

Je vis que tous les yeux étaient rivés à cette compacte et immangeable pâtisserie.

— Ding ! recommença le cartel.

Le pudding occupait le milieu d'un large plat en étain mat, orné de massives figurines ; mes regards s'attachaient à l'une d'elles.

Ce plat figurait souvent sur la table à l'heure du dessert et n'avait jamais sollicité particulièrement mon attention, il semblait être devenu le centre d'une préoccupation angoissée dont j'essayais vainement de trouver la raison.

— Ding !

C'était le dernier coup de trois heures qui sonnait. Il déclencha l'attaque des forces obscures que Malpertuis gardait encloses.

— Ah !...

Etait-ce un soupir ou un râle qui s'échappa de toutes les poitrines serrées dans l'étau de l'épouvante ?

Soupir de soulagement devant une chose enfin tangible ?

Râle de terreur devant cette première manifestation de l'ire infernale ? La figurine se détacha du plat.

Je vis un tout petit homme, épais et lourd comme s'il eût été tout de même d'étain ou de plomb ; son visage, pour n'être guère plus large qu'un dé de femme, était si hideux que sa vue brûlait le regard. Les bras levés dans un geste de rage folle, il courait sur la nappe, de dirigeant vers Philarète, et j'aperçus alors qu'une de ses mains manquait.

Le taxidermiste ne bougeait pas, ses yeux lui sortaient des orbites et sa bouche s'était ouverte toute grande sur un appel de folie que personne n'entendait.

Le monstrueux marmouset s'approchait de Philarète

quand une main gigantesque fendit l'air et s'abattit sur lui.

J'entendis le bruit écœurant d'un œuf qu'on écrase et une large tache pourpre étoila la blancheur de la toile.

La formidable main justicière se retira et s'enfouit dans l'obscurité d'une large robe, celle d'Éléonore Cormélon.

Sambucque éclata d'un rire frénétique qui tordait tout son être usé.

— Bien fait ! rauqua-t-il dans un hoquet qui lui mit la bave à la bouche.

— Fais-le taire, Griboin ! ordonna une voix horrible.

Et je vis Rosalie Cormélon étendre une main tout aussi grande et affreuse que celle de son aînée.

— En vérité, il n'est pas des nôtres ! continua la voix.

La silhouette ligneuse de Griboin se détacha de la muraille.

Je le vis se pencher, ouvrir la bouche et *souffler une gerbe de flammes rouges* sur le petit corps contorsionné du docteur... puis, sur la chaise de cuir, il n'y eut plus qu'une étrange forme de cendres qui fumait.

Je me mis à hurler à tue-tête.

— C'est un rêve, un cauchemar... pour l'amour de Dieu, que l'on me réveille !

Une houle fantastique souleva tout ce qui m'entourait ; toutes les formes se fondaient, roulaient les unes sur les autres. Les trois dames Cormélon, réunies en une masse compacte de voiles, bondissaient à travers l'espace comme une grosse boule de brouillard noir où grouillaient d'indistinctes horreurs. Pendant quelques secondes, je vis le visage livide et suppliant du cousin Philarète, remplacé aussitôt par celui de la tante Sylvie, placide et endormi, puis la tête de Griboin jaillit, phosphorescente.

Soudain, je me sentis saisi par les cheveux et tiré violemment en arrière.

Quand j'eus repris la notion des choses, je courais dans le grand vestibule de la maison aux côtés du cousin Philarète.

— Vite, vite, me soufflait-il, au magasin... Là nous pourrons tenir encore.

— Mais que nous arrive-t-il ? suppliai-je. Oh ! cousin, dis-moi donc que nous faisons un bien mauvais rêve.

— Dieu le sait, gémit-il en poussant la porte de l'ancienne boutique.

Elle était si claire et si paisible qu'il me semblait arriver dans un havre merveilleux après la plus atroce des tempêtes ; le gaz brûlait d'une belle flamme et Lampernisse, assis sur le comptoir, nous regardait venir d'un air bonhomme et fort content de soi.

— Lampernisse, dit Philarète, il nous faut accepter la lutte, mais je crains qu'elle ne soit bien inégale, mon compère.

Alors commença entre les deux hommes un court mais incompréhensible dialogue.

— Tu n'es pas des leurs, Philarète, mais l'ombre redoutable de Cassave te couvre encore !

— Tu es des leurs, toi !

— Hélas !... mais j'aurai tout de même la mauvaise part !

— Je te sauverai, Lampernisse !

— Ce n'est pas toi, pauvre Philarète, qui pourrais changer le destin, assis sur le granit des siècles !

— À moi !...

— À qui t'adresses-tu ? À ceux-là ? Allons, tu sais bien qu'ils sont moins que le souffle du vent dans les arbres !

Lampernisse avait levé la main et son doigt se tendait vers la partie la moins éclairée de l'officine.

Trois hommes y étaient assis, immobiles.

L'un d'eux me souriait tristement, l'autre évitait honteusement mon regard, le troisième était plus inerte que la pierre même, et je criai de folle terreur.

Je venais de reconnaître Mathias Krook, l'oncle Dideloo et l'informe Tchiek.

Lampernisse partit d'un rire aigu.

— Regarde-les donc, mon petit maître... Et dire que Philarète s'est cru Dieu, en les reprenant à la mort... Regarde !

Il gonfla ses joues et souffla sur les Lazare.

Une vie singulière les anima aussitôt, ils se mirent à rouler, à se balancer, à se heurter comme feraient des balles élastiques, et tout à coup, d'un bond, ils s'élevèrent au plafond où ils restèrent collés.

— Des peaux ! Rien que des peaux dans lesquelles on souffle comme dans des conques. Pauvre, pauvre Philarète !

Je me jetai face contre le sol quand une horrifiante clameur s'éleva dans la maison.

Lampernisse poussa un cri de détresse.

— Les voilà, nous ne pouvons rien contre elles. À moins que...

La porte fut brutalement arrachée de ses gonds et, de l'ombre du hall, je vis les trois effroyables visages de la maison de la mère Groulle qui venaient à nous.

~

Six grilles de fer, six yeux de feu liquide, six ailes de dragon étaient là, s'apprêtant à jouer leur rôle infernal dans la curée.

Mais, contre toute attente, les monstruosités ne franchirent pas le seuil.

Une voix puissante que je crus reconnaître tonnait dans l'espace.

— Noël ! Noël ! Le Christ est ressuscité !

Un chant immense se leva au loin et j'osai lever mon visage meurtri au-dessus des dalles.

Mes yeux se détachèrent des horribles apparitions des ténèbres et, par la fenêtre du fond, plongèrent dans le jardin où le formidable chant s'élevait.

La blancheur de la neige s'y piquait de larges carrés de lumière dorée et, à travers les ramures dépouillées des arbres, je reconnus le couvent dont les fenêtres vides brillaient d'une aveuglante clarté.

Lampernisse se voila la figure et se mit à sangloter.

— Les Barbusquins ! gémit-il.

Et je n'aurais pu dire si c'était de la joie ou de la douleur qui vibrait dans cet appel. Mais j'assistais à présent à une scène aussi grandiose que terrible.

Le jardin était rempli de monde, je reconnus de hautes silhouettes monacales coiffées de barbutes et vêtues de bure.

Elles avançaient en rangs serrés, d'un pas lourd et majestueux, brandissant des croix de bois noir vers le ciel assombri.

Lentement, elles approchaient de la maison, chantant des hymnes formidables qui agitaient les arbres comme des rafales.

— Noël ! Noël !

Alors une voix puissante de commandement s'éleva de nouveau :

— Place au vrai Dieu ! Arrière les fantômes de l'enfer !

Les premières barbutes étaient arrivées à la hauteur de la fenêtre et je vis luire par les trous des cagoules des yeux rouges de fièvre et de sainte fureur.

— Les Barbusquins ! murmura encore une fois Lampernisse.

Et lui aussi tomba face contre terre.

Il me sembla alors que je devenais très léger, que je flottais au-dessus des mondes, que mes mains écartaient les impalpables mousselines d'un nuage.

Quelque part dans un espace irréel, je vis d'énormes et repoussantes choses mortes fuir comme des nefs sous la tourmente.

J'appelai quelqu'un, je ne sais qui, et pendant une brève minute, je vis apparaître, sourire, pleurer, puis disparaître le visage de l'abbé Doucedame.

~

— Tout cela n'est qu'un cauchemar !

C'était la pauvre voix de la raison qui essayait de parler au fond de mon être ; mais elle se tut et ne répéta plus ces consolantes paroles.

J'étais assis dans la cuisine noire ; devant les feux éteints, une chandelle vacillante faisait bondir les ombres d'angle en angle.

Je ne pouvais dire comment j'y étais venu ; en tout cas c'est là que je retrouvai ce qu'on appelle les esprits.

Je criai, je fis l'appel de tous ceux qui avaient vécu avec moi sous le toit maudit, personne ne répondit.

J'étais seul dans Malpertuis, SEUL ! !

Et alors j'eus l'incroyable courage de partir en expédition à travers l'horreur nocturne de cette maison infernale.

Les formes falotes de Mathias, de l'oncle Dideloo et de l'informe Tchiek ne flottaient pas au plafond de l'officine déserte.

Je poussai jusqu'à la loge des Griboin.

Elle était vide.

Partout je cherchai Lampernisse, mais il n'y était plus.

Vide était la chambre du cousin Philarète, vides les appartements des dames Cormélon, sombres et déserts ceux réservés à l'oncle Dideloo et à sa famille.

J'eus l'étrange curiosité d'entrer au salon pour voir si les restes répugnants du Dr Sambucque s'y trouvaient encore, mais sa chaise était nette et propre.

— Cauchemar ! répétai-je en tenant haute comme un flambeau la chandelle pleurant le suif.

Je poussai un cri... de joie peut-être.

Tante Sylvie était là, sur sa chaise, droite et tranquille.

— Tante ! Tante !

Ses yeux étaient clos et mon cri ne la tira pas de son sommeil.

J'approchai et posai ma main sur son épaule.

Lentement son corps glissa de côté et tomba sur le parquet avec un bruit de tonnerre.

Ce n'était pas un corps humain mais une statue de pierre qui venait de se briser sur le sol.

~

Alors, dans la nuit, une voix très claire s'éleva :

— Nous sommes à présent seuls dans Malpertuis !

Je hurlai :

— Euryale !

Mais ma cousine ne parut pas.

Je courus comme un fou à travers la maison, la suppliant de venir à moi.

Je ne la trouvai point.

Je revins à mon point de départ, l'âme remplie de désespérance. J'arrivai devant le dieu Terme et ma chandelle s'éteignit, et je vis, du fond des ténèbres, les terribles yeux verts venir à moi.

Je sentis un froid énorme envahir tout mon être, mon corps se scella aux dalles, lentement mon cœur cessa de battre.

Chapitre intercalaire

LA CAPTURE DES DIEUX

— Qui sont-ils, Thysos, ils ne sont pas morts de ma main ?
— Tu les as tués dans ton cœur, Ménélas, ils resteront à jamais terribles...

(Les Atrides)

Moi qui, à la suite de mon vol dans la bibliothèque des Pères Blancs — et peut-être pour l'expier — ai assumé la redoutable tâche de coordonner les divers documents contenus dans le tube d'étain, pour retracer l'histoire de Malpertuis, j'interromps ici, pour quelques instants, le cours des feuillets dus au pauvre Jean-Jacques Grandsire.

C'est que je veux intercaler quelques pages rédigées par Doucedame-le-Vieil. J'ai déjà fait semblable emprunt, au début de ce livre, lorsque je détachai, du manuscrit de cet abbé scélérat, les pages qu'il avait lui-même intitulées : « La vision d'Anacharsis ». Les quelques feuillets que je recopie ici sont les derniers que je livrerai de sa prose redondante qui, pour le restant, n'est qu'étalage — plein de suffisance — de science maudite, qu'effroyable ramassis de dangereux blasphèmes.

On remarquera, notamment, que Doucedame-le-Vieil, emporté par le jeu de son orgueil, abandonne le mode impersonnel pour user du « Je » haïssable.

L'île appartient au groupe des Cyclades ; elle doit être voisine de Paros, mais depuis plusieurs jours, au gré de furieuses tempêtes, nous naviguons à l'estime dans des parages particulièrement dangereux. À travers les lambeaux du brouillard, déchirés par les ouragans et aussitôt ressoudés, nous avons aperçu les murailles rocheuses dont parla Anacharsis. Il n'a pu nous mentir, j'en suis certain.

Anselme Grandsire est venu me trouver ; il m'a tenu un raisonnement bien étrange pour un marin comme lui.

— À cette époque de l'année, pareille tempête est faite pour étonner tout homme qui connaît quelque chose à la mer. Je suppose que les éléments se sont mis ici au service de forces qui échappent à notre entendement. Il y a quelque secret à garder dans cette île damnée...

— Eh ! sans doute, ai-je répondu, ce que nous venons chercher n'est pas si ordinaire.

— Morbleu ! gronda-t-il, à vrai dire je n'y ai jamais cru... On nous promettait une formidable récompense. Je ne m'en souciais pas trop, mais on payait bien pour

le voyage et la peine, sans égard au résultat... Il se peut que ce résultat soit sur le point d'être atteint. Alors on pense tout de même à la prime vertigineuse...

Je me demandais où il voulait en venir, mais je gardai le silence. Son poing fermé heurta la table comme un marteau de forgeron.

— Où le marin perd son latin, le sorcier peut être de bon conseil, et ton compère, qui a certainement frayé avec le diable, ne nous a pas imposé ta répugnante présence sans t'en avoir dit plus long.

— Vous voulez parler de l'honorable seigneur Cassave ? dis-je doucement.

— C'est le nom du personnage qui nous paie, répondit-il d'un ton rogue. Il ne m'a pas paru l'homme à dépenser ses écus en pure perte.

— Certainement, certainement...

— Pas de mots inutiles, Doucedame, rugit-il, si tu ne veux pas que je jette tes tripes aux poissons !

Je souriais car, à travers les éclats de sa colère, je le sentais anxieux et irrésolu, et prêt à souscrire à mes désirs, sinon à mes exigences.

— L'honorable seigneur Cassave, dis-je, m'a paru un homme étonnant. Il est bien jeune encore et pourtant sa sagesse est celle d'un vieillard ; je le crois versé dans beaucoup de sciences, dont les plus mystérieuses. J'ai beaucoup étudié, monsieur Anselme, je connais le latin, le grec et même les langues jeunes du monde. Par le truchement de leurs livres, j'ai fréquenté les historiens, les docteurs, les humanistes, les bénédictins, les alchimistes. La spagirie, la nécromancie, la géomancie et autres sciences relevant de la magie noire, rouge et blanche, ont daigné faire confidence à mes veilles studieuses. Mais je me suis senti un pauvre ignorant en

face de l'honorable seigneur Cassave dont le savoir prend racine dans la sagesse des siècles les plus reculés et tend jusqu'aux arcanes de l'avenir.

« Au cas où nous découvririons ce qu'il espérait, il m'a armé de quelques pouvoirs, bien faibles en vérité, mais dont il me plaira d'user avec prudence et discernement.

— Dans ce cas..., cria-t-il.

Un appel de la vigie lui coupa la parole.

— Le brouillard se dissipe !

Nous nous ruâmes sur le pont.

La mer se calmait comme par magie ; les nuées fuyant éperdument vers le ponant, délivraient l'azur merveilleux du ciel de l'Attique. Alors des matelots se mirent à courir comme des fous, criant de terreur. Oh non ! Anacharsis n'avait pas menti, et la preuve en est que nous perdîmes trois hommes d'équipage qui moururent de frayeur.

. . . .

Debout sur un tertre de gazon, le bras levé en signe de puissance — celle dont l'honorable seigneur Cassave m'avait nanti —, je prononçai des formules formidables.

Et devant moi, le ciel a frémi de crainte et l'enfer s'est soumis en gémissant.

Avons-nous rempli complètement la mission fantastique ?

Non, je tremble en songeant que la Mort monte à de telles attitudes, et je n'ai pu étendre ma puissance que sur ce qu'Elle a laissé.

Ah ! que de divinités j'ai réduites à une maniable captivité et comme le pouvoir que me prêta le grand Cassave s'entendait à faire des grains de sable d'une montagne !

En route ! Toutes les voiles dehors ! Fuyons sur la mer grande, de peur que le monde des ténèbres, rendu furieux par l'énorme spoliation, ne se jette dans notre sillage.

....

Cassave a pris livraison de notre cargaison *!*

Maudite... mille fois maudite, la maison où il osa, de sa terrible main sacrilège, l'entreposer.

Malpertuis est son nom.

Fuyons encore, bien que les bourses lourdes d'or rendent notre déroute difficile.

Existe-t-il, quelque part sur cette terre, un coin où l'on dépense l'or dans toutes les joies, et que le Ciel comme l'Enfer puissent ignorer ?

~

Pris à mon propre jeu, je me laisse aller ici à une très courte digression.

Doucedame-le-Vieil n'en dira pas davantage.

Je ne puis me défendre de frissonner à l'idée des comptes que cet homme audacieux et pervers a dû rendre ; néanmoins, je crois que l'intercession de Doucedame-le-Jeune aura pu atténuer quelque peu les horreurs de la géhenne à la créature qui fut de son sang.

Pauvre abbé Doucedame, je l'imagine sanglotant de terreur le jour où ces feuillets jaunis, écrits par son ancêtre, lui sont tombés entre les mains.

Plus tard, un peu de calme lui étant revenu, il

a dû reprendre sa chère pipe et la fumer longuement, en silence, les yeux perdus dans le vague.

Je me représente la scène qui, selon ce que j'ai pu comprendre, a dû se situer un 6 janvier.

Devant lui, de longues théories de livres s'éclairent de reflets roses, au gré des caprices de flamme d'un large foyer ouvert. Tous ses grands et silencieux amis sont là, prêts à fertiliser davantage son bel esprit de chercheur: Epictète, Térence, saint Jean Chrysostome, saint Augustin, saint Raymond de Pennafort, saint Thomas d'Aquin, Scaliger... et, à côté d'un magnifique antiphonaire de saint Grégoire, une transcription par Rawlinson du redoutable livre d'Enoch.

Le soir de l'Épiphanie, noir et déchiré de vent et d'averses, se sanctifie au loin de quelques chansons d'enfants.

— Soir merveilleux, a dû murmurer l'abbé, où l'humeur la plus sinistre des éléments ne peut éteindre l'éclat de l'étoile... Éclairera-t-elle ma lugubre route ténébreuse ?... Hélas, je suis un pauvre homme et un misérable pécheur et n'ai aucun droit à sa lumière !

Il a dû reprendre les feuillets et les glisser dans la fine gaine d'étain que j'ai devant moi, en hochant tristement la tête.

— Et quand j'aurai enfin découvert ce que je crois être le vrai et repoussant mystère de Malpertuis, aurai-je sauvé des âmes de l'emprise du Malin ? Dieu me permettra-t-il, à moi, son serviteur indigne, de travailler à Sa Gloire en gagnant ces âmes à son Ciel ?

... Je vois Doucedame-le-Jeune tomber dans une pénible rêverie, le feu mourir lentement dans l'âtre et le sourire amical des livres s'effacer dans la nuit.

Deuxième partie

EURYALE

Chapitre septième

L'APPEL DE MALPERTUIS

Est-ce le sommeil ou la veille qui m'a apporté la vérité ?

M[RS] BLAVATSKI

Les sorcières des montagnes de Thessalie conservaient ces beaux yeux vivants, pendant sept lunes, dans des urnes d'argent, puis s'en faisaient des parures qui, pendant sept ans, pleuraient des perles.

WICKSTAED (Le Grimoire)

Après les quelques feuillets dus à Doucedame-le-Vieil, que le lecteur vient de lire et qui auront, sans doute, jeté quelque lumière dans ces ténèbres, je juxtapose ici la suite des Mémoires de Jean-Jacques Grandsire.

Je fus réveillé par un bruit lointain, comme une respiration géante.

Je ne connaissais pas la chambre, très blanche, avec des murs de névés et de petites fenêtres lumineuses comme de la nacre.

Il y faisait tiède comme dans un nid de chardonnerets où, à l'époque des œufs, on fourre la main : un feu clair se jouait derrière les grilles d'une salamandre.

Un bruit de pas résonnait dans une pièce voisine et, comme je fermais les yeux à moitié, je vis entrer une femme inconnue, rougeaude et luisante de belle santé. Elle ne resta pas longtemps, enleva une soucoupe de la table, lécha un fond de tasse poisseux et sortit, son énorme séant encombrant un moment la porte, l'obstruant goulûment.

Je pensai à une poupe de barque où j'aurais voulu, dans un élan de gaieté gamine, inscrire un nom charmant qui rachetât tant de graisse et de lourdeur.

Au-dehors, tout près de la fenêtre, une curieuse dispute aérienne éclata, vibrante ; je soulevai un peu la tête et je vis le ciel bleu moussant de petits nuages comme une lessive de poupée, tourmenté de formes nerveuses.

— Des mouettes ! m'écriai-je.

Et aussitôt j'ajoutai :

— La mer !

Elle barrait l'horizon d'une bande d'acier empanachée de fumées fuyantes.

— Viens voir ! m'écriai-je encore, ne sachant à qui je m'adressais.

Je m'étais rendu compte que les chambres autour de la mienne étaient tout à l'heure pleines de voix confuses ; elles devinrent, sur le coup, silencieuses, une porte claque et j'entendis une voix cette fois-ci familière :

— Dieu du Ciel !... il est revenu à lui.

Un ouragan de jupes envahit la pièce, des bras nerveux m'entourèrent, des baisers humides mouillèrent mes joues.

— Jean-Jacques... Monsieur Jean-Jacques... Jiji... Oh, je n'aurais jamais dû le quitter !

Élodie était là, sanglotante, vibrante comme une harpe heureuse.

— Je savais bien que le bon Dieu me le rendrait !

Mais je restais muet, frappé de grande stupeur.

Élodie avait une puissante chevelure sombre, qu'elle lissait énergiquement sur sa tête, en dures plaques de cirage, et voici que c'était un casque d'argent que je voyais contre ma poitrine.

— Élodie, que nous est-il arrivé ?

Elle avait compris sans doute, car sa bouche se plissa, mécontente.

— Rien, mon petit, rien dont tu doives te souvenir. Écoute... nous avons une belle chance, un excellent docteur est fixé dans les environs, Mandrix il se nomme. Il vient te voir. Il te guérira certainement.

— Guérir ? Mais je ne suis pas malade, hein ?

Élodie me regarda d'un air perplexe et détourna les yeux.

— Tu marches un peu... difficilement.

Je voulus remuer les jambes... Mon Dieu ! elles étaient de plomb et n'obéissaient pas à ma volonté.

Élodie dut s'apercevoir de la pénible découverte, car elle secoua énergiquement la tête.

— Je te dis qu'il te guérira... Oh, il est très fort. Il a beaucoup voyagé, il était jadis dans la marine. Il a connu Nicolas... ton père.

Par pitié pour son trouble, je détournai la conversation en demandant où nous étions.

Elle se rasséréna et se mit à causer avec volubilité, à quoi je n'étais guère habitué de sa part.

Nous étions dans le nord, près de la mer, dans une maison perdue sur la dune : le soir, on voyait un phare éclairer les navires qui voguaient vers les terres d'aventure.

La grosse femme s'appelait Katie ; elle pesait deux cent vingt livres et faisait le ménage comme un amour.

Il y avait une petite ville maritime à une lieue de là, une ville joujou, construite en cailloux multicolores. On s'y promènerait... mais oui, dans une petite voiture, en attendant que je retrouve l'usage de mes jambes, peut-être qu'une canne me suffirait, car le Dr Mandrix était réellement très fort. On mangerait la soupe aux moules et les petits pains aux anguilles, une pure merveille !

Un pêcheur venait d'apporter six belles soles à la cuisine.

Quelle fête en perspective, car Katie irait en ville avec la charrette du mareyeur et en remporterait des liqueurs et un tas de bonnes choses. Car il fallait fêter et fêter encore...

Quoi donc ?

Mais... mais ma guérison, du moins ma convalescence, n'est-ce pas ?

Une morne lassitude s'empara de moi ; la gaieté inaccoutumée d'Élodie, cette volte-face de son être calme et austère, l'atmosphère quiète et lumineuse de la chambre, le souffle marin qui nous entourait de toutes parts, ces promesses qu'on jetait en touffes à l'enfant retrouvé, autant de choses qui me mettaient un goût de fades sucreries dans la bouche.

Je n'osais m'avouer encore que, dès mon retour à la vie, le piment des ténèbres, de l'angoisse, de l'épouvante même me manquait.

Un splendide soleil d'hiver dorait l'air, il blessait mes yeux de nocturne, habitués à l'ombre et aux lampes tremblantes que les esprits impurs menaçaient sans relâche.

J'aurais volontiers donné tout l'iode et tout le sel du grand large, effluves de la vie même, pour les remugles de mort qui stagnaient dans Malpertuis.

Malpertuis m'appelait, comme les forces millénaires font signe aux migrateurs inquiets, à travers les espaces.

Je fermai les yeux, appelant à mon secours la nuit des paupières closes; lentement je sombrais dans le gouffre de velours du sommeil, quand je sentis une main s'appesantir sur mon bras. Je la reconnus: grande, très belle, sculptée dans le vieil ivoire.

— Bonjour, mon ami, je suis le Dr Mandrix!

Un homme de haute stature, au visage grave, se tenait à côté de lui.

Je secouai la tête.

— Vous ne me dites pas la vérité, murmurai-je.

Rien ne bougea sur son visage, mais une flamme s'alluma et s'éteignit au fond de ses grands yeux noirs.

— Voyez-vous... j'ai reconnu votre main.

— Vous marcherez, dit le docteur d'une voix lente et profonde, je puis faire cela pour vous!

Je ressentis une impression bizarre dans les jambes, comme si des mandibules d'insectes les taraudaient.

— Levez-vous!

Un immense frisson me secoua.

— Levez-vous et marchez!

C'était l'ordre d'un dieu, usant de son pouvoir de miracle.

Le Dr Mandrix n'était plus qu'une ombre, la main s'effaça laissant un sillage de feu sur mon bras, les fibres secrètes de mon âme vibraient comme un écho assourdi à l'appel d'une cloche mystérieuse perdue dans d'insondables lointains.

Puis le sommeil revint.

~

Je marchais.

Je ne songeais pas à m'en étonner outre mesure : sans doute Élodie et les gens de son entourage s'étaient-ils trompés en me croyant cloué au lit par une inexplicable paralysie.

Je marchais sur du sable doux comme du feutre.

C'était par une de ces belles journées que janvier destine parfois aux rivages de la mer, pleine de clarté et de douceur printanières.

Une fumée montait d'un creux de lune et j'y découvris une maisonnette de pêcheur. En approchant, j'entendis le grincement d'une enseigne de fer peint.

Des inscriptions malhabiles chantaient la louange de la bière et du vin de ses caves et l'excellence de sa cuisine ; le portrait d'un gros homme couleur canari, aux yeux bigles et au crâne rasé terminé par une longue et mince natte, annonçait au passant que l'auberge isolée s'appelait « Le Chinois Rusé ».

Je poussai la porte et me trouvai seul dans une sorte de carré, tout en cloisons de pitchpin, d'accueillantes banquettes de cuir régnant en cercle autour.

Le comptoir qui barrait le fond était orné de flacons

et de cruchons, et les alcools y luisaient avec des tons d'oriflamme.

J'appelai, je heurtai le bois sonore du comptoir.

Personne ne répondit et, à vrai dire, je n'attendais personne.

Tout à coup j'eus l'angoissante sensation de ne plus être seul.

Je regardai autour de moi, virai sur les talons d'un lent mouvement de rotation pour que rien ne pût échapper à mes yeux.

La taverne était vide, mais la présence indéniable.

Il y eut un moment où je crus la découvrir dans l'angle de la banquette du fond.

Il y avait un verre sur la table d'en face et un mince nuage de fumée montait.

Mais non, ce n'était qu'une tromperie nouvelle de mes sens, la table brillait, vide et nette, et la fumée n'était qu'un jeu de reflets.

Le moment d'après, l'illusion se renouvela, cette fois-ci purement auditive.

J'entendis le choc d'un verre qu'on repose et le grésillement d'une pipe qui reprend.

Mes regards glissèrent le long des banquettes et plongèrent dans un autre angle, le plus sombre de la pièce; j'aperçus la forme.

À vrai dire, je ne vis que les yeux, sombres et beaux.

— Nancy, m'écriai-je.

Ils se voilèrent et disparurent.

Ils ne tardèrent pas à réapparaître, plus proches, presque à la hauteur des miens.

J'étendis la main, très doucement, dans un geste de caresse; elle se heurta à quelque chose de lisse et de froid.

C'était un vase de gros verre, en forme d'urne, d'un bleu à peine transparent; je frémis à son contact glacé.

— Nancy ! m'écriai-je encore une fois, la gorge serrée.

Les yeux ne disparurent pas : ils me fixaient à présent avec une douleur indescriptible, *ils étaient dans l'urne de verre !*

Soudain une voix s'éleva, suppliante, affreuse :

— Dans la mer... je t'en conjure... jette-moi dans la mer !

Et des yeux grands ouverts, d'horribles larmes se mirent à couler.

— Va-t'en !

Une autre voix retentisssait tout à coup, impérieuse, de la table où j'avais vu le verre et la fumée.

C'était une forte voix d'homme qui commande, mais je la sentis plus triste qu'hostile.

Le verre était revenu sur la table, la pipe y fumait, mais je vis également le fumeur.

C'était le commandant Nicolas Grandsire.

— Père !

— Va-t'en !

Je voyais son visage; il n'était pas tourné vers moi, mais vers l'urne bleue où les yeux de Nancy continuaient à pleurer d'affreuses larmes.

J'entendis la porte s'ouvrir.

L'image de mon père disparut ainsi que le verre et la fumée, du vase s'exhala un dernier sanglot et l'atroce vision s'en effaça.

Une main se posa sur mon épaule et m'obligea, d'une lente pression, à me retourner.

Le Dr Mandrix m'attira au-dehors.

Il marcha à mes côtés sans parler, sa lourde et belle

main m'obligeant de le suivre et m'interdisant de regarder en arrière vers la mystérieuse taverne des dunes.

— Je sais qui vous êtes, dis-je, tout à coup.

— Peut-être, répondit-il doucement.

— Eisengott !

Nous marchâmes en silence, longeant la mer qui s'assombrissait.

— Il te faut retourner à Malpertuis, dit-il soudain.

— Mon père... Ma sœur ! m'écriai-je avec désespoir, je veux retourner là-bas !

— Il te faut retourner à Malpertuis, répéta-t-il.

Et, soudain, une force irrésistible s'empara de moi, me transporta au loin.

Je ne revis ni « Le Chinois Rusé », ni la maison des dunes où Élodie devait m'attendre, ni Élodie elle-même.

Je me retrouvai dans ma ville, en pleine nuit, au milieu de maisons closes aux fenêtres éteintes.

Mes pas résonnaient dans le silence nocturne des rues désertes et je ne les dirigeais pas.

Je me rendis pourtant compte que je tournais le dos à Malpertuis et je crus un instant que je me dirigeais vers le quai de la Balise, vers notre maison.

Il n'en était rien.

Je dépassai le pont et suivis l'eau murmurante de la rivière jusqu'à l'esplanade herbeuse et nue du Pré-aux-Oies.

Une lampe solitaire veillait au loin dans la nuit, au fond du boyau ténébreux d'une ruelle.

Je marchai droit sur elle et, par trois fois, je tirai un pied-de-biche graisseux.

On m'ouvrit, un chat aux yeux énormes s'enfuit dans les ténèbres.

Avec un soupir, je me laissai tomber sur de larges

fourrures blanches et tendis mes mains glacées vers la féerie rose et dorée d'un feu merveilleux.

J'avais trouvé asile dans la rue de la Tête-Perdue, dans l'infâme maison de la mère Groulle.

~

Or, ce n'est qu'aux premières heures de cette indigne retraite que je me suis mis à penser à *la raison de Malpertuis.*

Pourquoi, depuis des mois — qui ont d'ailleurs pris dans le temps des perspectives d'années —, suis-je asservi à des terreurs sans nom ? Pourquoi me suis-je soumis sans révolte à un bon plaisir cruel et mystérieux ?

Quels furent les desseins de feu Cassave qui, pour être notre grand-oncle, nous traita jadis comme des étrangers, en nous imposant cette résidence de cauchemar ?

Au fond, depuis que la puissance maléfique de Malpertuis s'est manifestée, et elle ne tarda guère, je n'ai fait que de faibles tentatives pour comprendre, et ceux qui m'entouraient en firent bien moins que moi.

Mon bon maître, l'abbé Doucedame, a dit :

— Insensé celui qui somme le rêve de s'expliquer.

Cela se trouve dans des commentaires qui n'ont obtenu qu'un pénible *imprimatur* des autorités ecclésiastiques, et une phrase finale fut rageusement biffée par le censeur :

« À Dieu ni au diable on ne demande des raisons. »

Et maintenant... pourquoi me suis-je jeté dans ce havre d'infamie qu'est l'odieuse maison de la mère Groulle ?

~

Je ne me plains pas, je n'ai jamais joui d'une plus douce tranquillité, d'un plus complet repos de l'âme que depuis lors.

Les persécuteurs de l'ombre m'oublient probablement, comme cela leur arrivait, par intervalles, à Malpertuis même.

Je vis dans la réconfortante idée d'une liberté d'action et de gestes presque absolue.

Le quartier de la ville où je réside s'isole du reste de la cité par une rivière et un canal que seuls franchissent deux ponts relativement éloignés l'un de l'autre.

Je n'y connais personne car, avant mon entrée à Malpertuis, j'ai mené aux côtés d'Élodie, de Nancy et même de l'abbé Doucedame une vie retirée que mon excellent maître voulait bien appeler une vie intérieure, en grande partie tournée vers les besoins de l'âme.

C'étaient de beaux mots sonnant creux et dont je sens à présent toute la vanité.

La mère Groulle répond à mes coups de sonnette, à l'heure de mes retours, et accepte avec un grognement avide les larges écus que je dépose dans sa serre de rapace.

La chambre bleue et mauve, parfaitement tenue, se prête à mes longues et paisibles rêveries ; il me serait doux d'y attendre le terme d'une existence, bien qu'elle ait prêté son décor à une des plus ténébreuses tragédies de ma vie.

Près du canal, j'ai découvert une taverne agréable où des mariniers taciturnes vident de larges plats et d'énormes brocs ; personne n'a tenté de lier connaissance avec moi et je rends à tous cette heureuse indifférence.

Je fais exception à cette règle de paix et d'oubli pour une jeune femme de modeste condition et dont le rôle, dans la taverne, me semble peu défini : servante, vacelle, fille d'auberge et vaguement de joie. Elle s'appelle Bets, ses cheveux sont d'étoupe dorée et sa taille est un peu lourde.

Le soir, quand les trois ou quatre mariniers qui s'attardent volontiers prêtent toute leur attention à une compliquée et silencieuse partie de cartes, elle vient s'asseoir à mes côtés, à une table éloignée des joueurs, et ne dédaigne pas le cruchon de vin chaud aux épices que je lui offre.

C'est très simplement que nous en sommes venus aux confidences.

Et par un de ces soirs, je lui racontai tout.

Il n'était pas loin de minuit quand je cessai de parler.

Les clients payèrent leur dépense et se retirèrent après un bref bonsoir ; la patronne, personne insignifiante et d'une massive indifférence, quitta son comptoir, nous laissant seuls ; au-dehors, le vent sifflait et s'acharnait contre les volets.

Bets, les mains allongées sur les genoux, regardait au-dessus de ma tête la longue flamme de gaz, emprisonnée dans un cylindre de verre.

Elle se taisait et son silence me fut pénible.

— Tu ne me crois pas, murmurai-je, à ton idée, je viens de raconter la plus folle des histoires.

— Je suis, répondit Bets, une fille simple qui sait à peine lire les Écritures. Toute jeune, j'ai gardé les oies ; plus tard, j'ai aidé mes parents, qui étaient des briquetiers, à tirer l'argile rouge des mauvaises prairies. J'ai été élevée dans la crainte de Dieu et la terreur du diable.

» Je crois à tout ce que tu viens de me dire, parce que je n'ignore rien de la puissance du démon et de ceux qui le servent.

» À seize ans, je fus promise à un garçon de bonne renommée et que l'on disait d'avenir; c'était le fils du pêcheur des étangs communaux et il était appelé à reprendre la succession de son père.

» La nuit de la chandeleur qui, tu ne peux l'ignorer, est bien redoutable aux gens, il se laissa tenter par le Malin et accepta une peau de loup-garou. Nous avons su, plus tard, que, sous cette forme hideuse, il avait mis à mal beaucoup de voyageurs attardés auprès des carrefours maudits.

» Un jour, mon père découvrit la peau du monstre dans un creux de saule marsault. Il alluma aussitôt un grand feu de bois sec et y jeta la dangereuse dépouille.

» Nous entendîmes un cri effroyable s'élever au loin et vîmes accourir mon fiancé, fou de rage et de souffrance.

» Il voulait se jeter dans le brasier pour en arracher la peau qui brûlait, mais les briquetiers le retinrent et mon père poussa la peau plus avant dans les flammes jusqu'au moment où elle ne fut plus que cendres.

» Alors mon promis poussa des clameurs lamentables, confessa ses crimes et mourut dans d'épouvantables tourments.

» J'ai quitté mon village, car le souvenir m'en est devenu odieux.

» Pourquoi, dis-moi, ne te croirais-je pas?

Elle sembla se recueillir et continua:

— Si mon pauvre fiancé avait eu le courage de se jeter aux pieds des prêtres et d'avouer sa fortaiture, il aurait pu être sauvé en ce monde encore et son âme ne connaîtrait pas maintenant les supplices éternels. S'il avait osé me parler comme tu viens de le faire, il me semble que j'aurais pu lui être secourable.

— Dois-je comprendre, dis-je tout bas, que tu voudrais m'aider ?

Un sourire très doux éclaira son visage.

— Que je le voudrais ? Oh oui ! Il ne faut pas en douter, mais je ne sais trop comment. Tout ce qui t'entoure et te tient me semble si sombre et si compliqué ! Tu dois me laisser une nuit de réflexion, ce n'est pas beaucoup, mais pendant les heures que je réfléchirai, mon chapelet ne quittera pas mes mains ; il vient de la Terre Sainte et dans sa croix se trouve une relique qu'on dit puissante.

Elle sourit encore et, à ce moment, trois coups furent frappés sur les volets.

Sa main se posa sur la mienne.

— Il ne faut pas sortir, c'est un mort qui frappe !

Tout à coup nous restâmes figés de stupeur, nos yeux s'interrogeant dans l'effroi.

Une voix s'élevait dans la rue où le vent s'était brusquement tu :

— *Je suis la rose de Saaron !*

Le Cantique des Cantiques montait comme une marée d'immense douleur, et je reconnus la voix de Mathias Krook.

Bets avait fermé les yeux et tout son être frémissait.

La chanson s'envola soudain, se perdit dans les hauteurs.

Bets me regardait de nouveau et ses yeux étaient noyés de larmes.

— Non, non, murmura-t-elle, ce n'est pas un mort qui chante, c'est quelque chose de plus terrible encore et de si affreusement triste que mon cœur se brise rien qu'à songer que je l'ai entendu.

Je me levai et voulus partir, attiré par une force qui m'appelait au-dehors, mais Bets me retint avec énergie.

— Tu ne partiras pas... Il y a autre chose à présent de l'autre côté de la porte. Je ne sais quoi... mais c'est effroyable, m'entends-tu ? Effroyable.

J'entendis un grésillement, et je vis apparaître, aux poignets de mon amie, un chapelet aux grains bruns et luisants.

— Il vient du jardin des Oliviers !

Je me penchai vers elle.

— Je ne partirai pas, Bets.

Elle éteignit la flamme du gaz et me poussa doucement dans l'escalier obscur.

Ce furent des noces étranges, très douces ; je m'endormis sur son épaule, ma main dans sa main qui n'avait pas quitté le chapelet aux grains trois fois bénis.

~

Le lendemain, Bets me dit :

— Il faut essayer de joindre Eisengott.

Je ne croyais pas avoir particulièrement insisté sur le rôle mystérieux d'Eisengott en lui faisant confidence et je demandai :

— Le connaîtrais-tu par hasard ?

— Mais oui, qui ne le connaîtrait pas ? Il habite à trois pas d'ici, si l'on peut dire, au tournant du canal, au coin de la place des Ormes et de la rue du Martinet, une petite maison bien proprette où l'on vend de vieilles et souvent belles choses. Tu vois ce peigne en écaille blonde ? C'est lui qui me l'a donné pour un petit écu. On l'estime beaucoup dans le voisinage, car il ne refuse aide ni conseil à personne.

Place des Ormes?... Rue du Martinet?... Je me rappelais, en effet, la silhouette d'une boutique d'antiquaire entrevue jadis. Et, soudain, je me rendis compte que, par les arrières, la maison devait toucher à celle de la mère Groulle. Que fallait-il en conclure?...

— Bien, dis-je, j'irai.

Je ne bougeai pas de ma chaise et Bets me sourit.

— En effet, tu as bien le temps.

— Et pourquoi ne m'accompagnerais-tu pas, Bets?

— C'est vrai, pourquoi ne le ferais-je pas?

Un groupe de mariniers poussa la porte et fit une entrée plus bruyante que de coutume.

Ils avaient fait équipe avec des flotteurs de bois qui conduisent, par le chemin des eaux, d'énormes radeaux de sapins, du fond de la Forêt-Noire jusqu'aux rives marines de Flandre et de Hollande.

Ils avaient gagné beaucoup d'argent et entendaient faire de la dépense.

— Du vin pour tous et qu'on nous serve quelques plats bien conditionnés! commanda un compère à la mine avenante et hilare.

Il ne fallait pas songer à quitter la taverne à ce moment; Bets devait faire son service et je ne pouvais me dérober à l'invitation de ces braves gens.

Nous bûmes du vin clairet et de longues bouteilles de vin du Rhin parurent sur les tables afin de mettre le monde en appétit.

La cuisine s'emplit de bruit et de fumée, on entendait tinter les casseroles et pleurer le beurre dans les lèchefrites.

— Buvons! ordonna le gros marinier, ce n'est pas aujourd'hui que le Hollandais Michaël nous aura!

Un malaise s'empara soudain de mes compagnons.

— Il ne fait pas bon parler de ce méchant ! murmurèrent quelques-uns.

Le gros homme se gratta la tête de l'air de quelqu'un qui se sent en faute.

— C'est vrai, les amis, on nous a appris à ne pas en appeler en vain au saint nom du Seigneur et... encore moins à celui triplement maudit du diable !

— Rien qu'à le nommer il peut apparaître ! se plaignit un autre.

Je reposai le verre que je levais vers mes lèvres : une ombre venait de tomber sur la table, ombre qui venait de la fenêtre dont elle interceptait la clarté.

Un visage s'y collait, essayant de voir à l'intérieur de la taverne.

Mes nouveaux amis n'y firent aucune attention et sans doute qu'ils ne s'en aperçurent pas. Peut-être même la vision ne fut-elle que pour moi.

Elle n'avait rien de terrible pourtant, loin de là, car mon cœur se mit à battre violemment.

Le visage tout blanc s'encadrait de l'ombre d'un fin chaperon de laine, les yeux me souriaient, à moitié clos, une légère flamme d'émeraude entre les longs cils baissés.

Je reconnus Euryale.

D'un bond je fus dans la rue.

Personne ne se trouvait devant la fenêtre et la rue était déserte ; mais, tournant le coin, je vis s'avancer en chancelant la repoussante silhouette de la mère Groulle, son chat Lupka agrippé à son épaule, ses énormes yeux clignotant douloureusement au soleil.

~

Les mariniers quittèrent l'auberge à l'heure du crépuscule.

Bets, délivrée de sa charge et de ses soucis ménagers, jeta une cape de laine brune sur ses épaules et me fit signe de la suivre.

— Ce n'est pas loin d'ici, chez Eisengott. A cette heure nous le trouverons dans sa boutique, regardant la rue et fumant sa pipe.

Nous longeâmes le canal aux eaux vertes, où les premières lampes s'allumaient à bord des péniches.

Bets s'appuyait un peu lourdement sur mon bras, je la sentais heureuse et confiante et sa présence versait un grand calme dans mon cœur tourmenté.

— À quoi penses-tu? demandai-je soudain.

— À toi, naturellement, répondit-elle avec cette belle simplicité qui était sienne, mais également à mon pauvre fiancé.

» Mon village s'étend tout en longueur sur les rivages de grands, très grands étangs qui communiquent avec la mer par de larges criques.

» Les eaux sont riches, mais les terres désolées, pourtant les bons moines blancs, que Dieu bénisse, y ont construit un couvent.

» Si mon promis m'avait fait confiance, je l'y aurais conduit et ils auraient chassé le démon de son âme.

» Si tu veux nous irons leur rendre visite un jour; ils sauront te protéger contre les mystérieux périls qui te guettent.

Je lui pressai tendrement la main.

— J'irai partout où tu voudras, Bets.

— Oui, quand leur cloche sonne, on entend très bien qu'elle dit: viens à moi... viens à moi... Et sur la porte se trouve inscrit, en lettres d'or: Si tu entres, paix et joie — si tu passes, Dieu t'accompagne!

— Et si j'entrais?

— Je resterais au village, et pourtant le retour m'y serait pénible, et je regarderais au loin le clocher du couvent en me disant qu'il te garde et te protège.

Nous traversâmes quelques ruelles que la nuit envahissait déjà, et dont les portes et les fenêtres venaient de se clore pour le sommeil à venir.

— Voici la rue du Martinet!

Elle s'allongeait, elle aussi, sombre et déserte, s'éloignant du canal vers un vieux mail aux platanes dénudés.

— C'est étrange! murmura mon amie.

— Quoi donc, Bets?

Elle ne répondit pas et pressa légèrement la marche.

— Où donc se trouve la boutique d'Eisengott? demandai-je.

Je sentis son bras trembler sur le mien.

— Je vais te dire ce que je trouve étrange, dit-elle avec un soupir d'angoisse, nous traversons la rue du Martinet et pourtant... oh! comment le dire? ce n'est pas la rue du Martinet! Elle m'est pourtant très familière. Continuons!

Nous avions atteint le petit mail endormi; le ciel était clair et se piquait d'étoiles.

— Nous nous sommes trompés de route, dit-elle tout à coup, où ai-je eu la tête? Voici la rue!

Ce n'était pas elle, Bets s'en rendit compte quand nous l'eûmes parcourue dans toute sa sombre longueur.

— Je n'y suis plus, gémit-elle, pourtant je m'y rendrais les yeux fermés, il nous faut la trouver... Il le faut!

Par trois fois encore elle crut l'avoir trouvée et chaque fois elle dut reconnaître qu'il n'en était rien.

— Oh ! se lamenta-t-elle, on dirait que nous tournons dans une sorte de cercle enchanté. Je ne m'y retrouve plus ! Où sommes-nous ?

Nous n'avions franchi aucun des deux ponts et je me rendais toutefois compte que nous avions été attirés vers un autre point de la ville. Soudain je m'arrêtai en poussant un cri étouffé.

— Là... là...

Nous étions devant Malpertuis.

La maison du grand-oncle Cassave se dressait dans la nuit, énorme et noire comme une montagne. Ses volets étaient clos comme les paupières des morts et le porche avait des profondeurs sinistres de gouffre.

— Bets ! m'écriai-je, partons... Je ne veux pas entrer !

Elle ne répondit pas et je ne sais si elle était encore à mes côtés.

Il me semblait que des semelles de plomb se vissaient à mes pieds; je les arrachai avec peine du sol et me mis à marcher d'un lourd pas de somnambule.

Je marchais... Je marchais...

Toute mon âme criait de crainte et de révolte et pourtant je me dirigeais vers le porche.

Je gravis le perron, faisant halte à chaque marche.

La porte s'ouvrit, ou bien elle était ouverte.

Dans la nuit noire, j'entrai dans Malpertuis.

Chapitre huitième

CELUI QUI ÉTEIGNAIT LES LAMPES

Son crime, selon les dieux, fut d'avoir secouru la misère des hommes...
HAWTHORNE

Tout au fond du grand hall, une étoile bleue me regardait venir et je reconnus la lampe en gros verre brûlant auprès du dieu Terne.

Je marchai vers elle, comme un voyageur perdu dans un marécage maudit répond au traître appel d'un feu follet.

En passant devant la cage de l'escalier en spirale, je vis les sombres hauteurs de la maison étoilées à leur tour de flammèches minuscules : les lampes et les chandelles de Lampernisse étaient toutes allumées. Je l'appelai de toute la force de ma désespérance.

— Lampernisse ! Lampernisse !

Je reçus une réponse singulière.

C'était un bruit énorme et mou, celui d'une voile hissée battant au vent.

Et tout en haut de l'escalier en vrille, une étoile s'évanouit.

Alors, immobile, incapable de rompre un charme cruel qui me tenait rivé au sol, le dos à la muraille, j'assistai à la lente mort des lampes.

Elles furent soufflées une à une, et à chacune des éclipses le bruit se répéta, féroce et lourd.

L'ombre se rapprochait de moi, en tapinois, déjà les hauteurs de la cage d'escalier étaient d'encre et de poix.

Dans une niche de l'étage devait brûler une chandelle de suif; je ne la voyais pas, mais sa falote clarté jaune se déversait sur les marches et la rampe.

Un nuage glissa sur le palier, plus noir que la nuit ambiante, et soudain, l'extinction de la chandelle s'accompagna, non du bruit de voile déchirée, mais d'un cri monstrueux, un grincement de gigantesque ferraille.

L'obscurité fondait sur moi du cintre ténébreux.

Deux lumières persistaient encore; celle d'une belle lampe à flamme ronde qui brûlait ordinairement en retrait du grand palier et dont je ne pouvais voir qu'un mince et lointain reflet, car elle se trouvait loin de moi, et celle de la lanterne vénitienne aux vives couleurs, mais qui répandait fort peu de clarté.

La grosse et fidèle lampe dut quelque peu se révolter, car sa lumière sauta, diminua et reprit de l'ampleur.

Une ombre passa, disparut et reparut, accompagnée de claquements et de cris de fureur, et la lampe céda, vaincue.

Restait la lanterne.

Je la voyais très bien car elle se balançait au bout de

son câble, presque au-dessus de ma tête ; le ténébreux agresseur devait se montrer, s'il voulait lui faire subir le sort de l'autre luminaire.

Je le vis en effet, si toutefois on peut dire qu'on voit l'ombre se profiler sur l'ombre.

Quelque chose de puissante envergure, une sorte de fumée rapide, piquée d'une double luciole rouge, fonça vers les couleurs chatoyantes, qui ne furent plus.

Mais à ce moment tragique, je repris l'usage de mes mouvements.

Une seule clarté restait vivante dans la maison diabolique : la lampe bleue du dieu Terme.

Je m'élançai vers elle et m'en emparai, bien décidé à la défendre contre n'importe quelle entité de la nuit.

Alors s'élevèrent les plaintes.

Jamais je n'en ouïs de plus déchirantes, de plus désespérées, et soudain mon nom se trouva mêlé à ces appels d'inhumaine souffrance.

— Petit maître... de la lumière, petit maître !

C'était Lampernisse qui m'appelait, quelque part dans les ténèbres opaques de l'étage.

Vivement, je remontai la mèche de la lampe bleue et une belle clarté naquit au bout de mon poing brandi vers l'obscurité menaçante.

— Lampernisse... je viens... courage !

Je montai, quatre à quatre, les larges marches, entouré de lumière azurée, défiant du geste et de la parole l'ennemi inconnu.

— Viens donc m'arracher ma lampe !

Il ne se manifesta point et je pus atteindre le vaste palier d'étage où s'élevaient les plaintes de Lampernisse.

La lumière bondit devant moi, éclaboussant de bleu

clair les murailles et les boiseries, réveillant des ombres fantastiques.

— Lampernisse !

Je faillis me heurter à lui et, quand je le vis, il me fallut tout mon courage et toute ma colère pour ne pas laisser choir ma lampe devant tant d'horreur.

Mon pauvre ami gisait sur le plancher noir et gluant de sang, dans une affreuse nudité, une atroce blessure béant à son flanc maigre.

J'essayai de tendre vers lui une main secourable, mais il fit un faible geste de refus.

Ses bras esquissèrent un geste d'impuissance et retombèrent avec un bruit de fer. Je vis alors que d'énormes chaînes le tenaient rivé au sol.

— Lampernisse, suppliai-je, dis-moi...

Il râlait hideusement.

— Promettez..., murmura-t-il.

— Oui, oui, tout...

Il ouvrit des yeux vitreux et me sourit.

— Non... *ce n'est pas cela...* de la lumière ! Oh miséricorde !

Il retomba sur le côté, les yeux clos, le flanc palpitant.

Quelque chose marchait vers moi, du fond de la nuit, et une griffe monstrueuse surgit à la hauteur de mon regard.

Un oiseau d'une taille démesurée, un aigle d'une majesté terrible, à faire trembler les étoiles, se dressait dans la clarté bleue, ses yeux brûlants me fixaient avec fureur et son bec s'ouvrit pour laisser passer l'épouvantable cri de rage qui hantait Malpertuis depuis mon arrivée.

~

La serre de fer noir m'arracha la lampe des mains et

la lança au loin. Les ténèbres se fermèrent autour de moi comme des murs de tôle.

J'entendis le monstre se jeter sur sa proie et le bruit des chairs qu'il lacérait.

— Promettez !

Une voix très faible, aérienne, le murmurait à mon oreille.

Ce fut le silence.

Puis j'entendis une porte s'ouvrir.

Il y eut de nouveau un peu de clarté naissant au fond de l'ombre, celle d'une chandelle ou d'une lanterne sourde portée haut.

Des pas hésitants, s'aventurant avec prudence dans l'escalier obscur, s'approchèrent.

La clarté s'élargit, glissant le long des marches.

J'aperçus la chandelle.

Elle était fichée dans un vulgaire chandelier de grès vert et, portée par une main tremblante, s'agitait. Une grosse poigne aux doigts courts et boudinés en protégeait la flamme.

Comme sa clarté tombait sur moi, le porteur s'arrêta et je l'entendis grogner.

La grosse main cessa d'abriter la flamme et, s'avançant vers moi, me saisit par le bras.

— Allons, viens par ici !

La voix était méchante.

La chandelle fit un écart et sa lumière enfin révéla un visage, celui du cousin Philarète.

Je balbutiai son nom, mais il ne me répondit pas.

Ses gros yeux me couvaient d'un regard morne et sa main serra davantage mon bras, m'entraîna avec force.

Une haleine douce et glaciale me fut soudain soufflée au visage, je me sentis devenir léger, immatériel presque.

Pourtant, une sensation de rudesse me courba les reins comme si un lutteur m'eût ceinturé ; une couleuvre se tordit autour de mes jambes, remonta vers mes poignets.

Il me sembla glisser dans une eau profonde et très froide.

~

— Tu vois, tu entends, mais je t'assure que la souffrance te sera épargnée.

La sensation d'agréable légèreté m'était restée, mais j'étais voué à une immobilité absolue, le moindre geste m'était défendu ; il est vrai que je ne songeais pas à le tenter, tant cette inertie m'était douce.

— Je devrais t'en vouloir un peu, mais je suis un vieil homme qui ne connaît pas de rancune ; pourtant tu n'as jamais voulu m'apporter le râle d'eau qui aurait fait une belle pièce, en vérité, et quand il t'a fallu capturer un des vilains petits génies du grenier, tu as perdu le piège dont la construction m'avait demandé beaucoup de temps et d'habileté.

J'étais étendu à plat sur une table très froide ; au-dessus de ma tête pendait un lustre à multiples branches dont chacune était garnie d'une grosse torsade de cire. Elles brûlaient toutes d'une flamme haute et tranquille, répandant une douce clarté dorée.

J'avais reconnu la voix du cousin Philarète, mais je ne le voyais pas ; mon champ de vision était limité, je n'apercevais que le plafond aux profonds caissons feutrés d'ombre et la partie la plus éloignée de la chambre.

— Si tu pouvais tourner la tête, tu verrais les compagnons que tu rejoindras bientôt. Sans doute les retrouveras-tu avec quelque plaisir, mais tu ne peux te mouvoir et je vais les faire apparaître devant toi.

J'entendis un souffle puissant comme si quelqu'un essayait de faire prendre flamme à un tison rouge. Puis de légers heurts se produisirent contre le plafond.

Les flammes des bougies vacillèrent quelque peu.

Trois formes efflanquées s'avancèrent alors contre les solives et j'entendis le cousin Philarète rire et se frapper les cuisses en manière de grosse satisfaction.

— Les voilà... Tu les reconnais, n'est-ce pas ? Seulement il ne m'appartient pas de leur faire faire autre chose que de danser au plafond comme des baudruches vides qu'ils sont en réalité.

Sa voix exprimait le regret.

— En effet, je ne suis pas des leurs... Lampernisse ne me l'envoyait pas dire quand il en avait l'occasion. Ah ! celui-là... je ne puis malheureusement le joindre à vous autres, il jouit du privilège, comprends-tu ? Quant à toi...

Il se tut pendant un temps qui me parut infiniment long.

— Je n'étais pas très bien fixé sur ton compte... et, à vrai dire, je ne le suis pas encore ; pour avoir été le très fidèle serviteur de Cassave, je ne fus pas son confident, mais voici des semaines que je n'ai pas eu de sujet sous la main. Tu devrais comprendre ma souffrance. Je ne crains plus rien à ton sujet, mon cher petit, tu vois bien qu'on m'a laissé le gros Tchiek et pourtant son cas n'était pas bien clair, si j'en crois les étranges terreurs qu'il inspirait aux Griboin. Allons, allons... le bon temps est revenu pour le brave cousin Philarète, nous allons pouvoir travailler, c'est-à-dire vivre et jouir de toutes les joies de l'existence.

J'entendis le bruit argentin d'instruments et de verres qu'on remuait.

— Hm, hm..., grommelait-il, avant que cette inexplicable chose intervînt qui m'enleva tante Sylvie !

« Encore un excellent sujet qui m'a échappé, mais je ne puis travailler à une statue de pierre, la plus dure qui fut jamais.

De nouveau, les verres et les instruments d'acier tintèrent.

— Et le pauvre Sambucque, donc... Je l'aimais bien et j'aurais voulu lui assurer la conservation éternelle. Pfuit ! ils ne m'ont laissé que des cendres, ce fut bien malhonnête et j'estime qu'on a manqué de délicatesse à cette occasion !

« Allons, allons, à l'ouvrage... Il m'a semblé sentir l'odeur du tabac, et alors ce brouillon d'abbé n'est pas loin. Non pas qu'il fût là pour s'occuper de toi, mais je sais ce qu'il cherche et il ne l'aura pas. La nuit de la chandeleur n'est pas loin.

Alors je vis le cousin Philarète.

Il avait revêtu une longue blouse de toile bise et il brandissait un scalpel long et effilé dont il vérifait le tranchant sur l'ongle de son pouce.

— Bientôt tu seras parmi eux, continua-t-il en faisant un geste vers les pantins sautillant doucement au plafond ; je ne puis, hélas ! te garder la voix comme à Mathias Krook. Cela n'est pas en mon pouvoir et je suppose que lui aussi devait jouir du privilège, bien qu'on me l'ait laissé...

« Je ne suis pas ici pour chercher à éclaircir des problèmes, je suis un homme simple.

Le scalpel était à la hauteur de ma gorge et la main qui le tenait hésitait quelque peu.

Je ne ressentais aucune crainte, au contraire, il me semblait que j'arrivais à l'orée d'une grande paix, d'une sérénité sans bornes.

Mais la lame étincelante ne s'abaissa point.

Elle s'était soudain mise à s'agiter fébrilement comme si la main qui la dirigeait vers ma gorge venait d'être frappée de trouble ou de crainte.

Elle disparut tout à coup de mon champ de vision pour y être remplacée par le visage même de Philarète.

Il était livide et ses yeux globuleux reflétaient la plus abjecte des terreurs.

Sa bouche se tordait et laissa échapper des hoquets et des mots suppliants.

— Non, non... je ne veux pas ! On n'a pas le droit...

Derrière moi, une porte s'ouvrait en criant doucement sur ses gonds.

Philarète balbutia une dernière fois :

— Je suis un homme simple... L'oncle Cassave m'a dit...

Sa bouche se ferma avec un claquement sec, comme celui d'un couvercle qu'on rabat de force, et une étrange transformation de ses traits s'opéra.

Ses yeux se vidèrent de vie et reflétèrent la clarté jaune des torsades de cire, les rides de ses joues se creusèrent, se remplirent d'ombre, son front devint luisant comme le marbre.

Tout à coup il chancela et disparut à mes yeux.

Un bruit lourd ébranla le plancher et suivit un gros fracas de pierre éclatée.

Une voix s'éleva à mes côtés :

— Ne regarde pas ! N'ouvre pas les yeux !

Des doigts doux comme la soie se posèrent sur mon visage et fermèrent mes paupières.

Une fois de plus, les gonds de la porte crièrent et un pas léger s'éloigna.

Brusquement, je sentis que le charme qui me tenait captif sur la table du taxidermiste venait d'être levé. Je me redressai et une main secourable m'aida à me relever.

Et cette main, je la reconnus...

— Eisengott !

Il était près de moi, sous sa forme première, en lévite verte, sa longue barbe couvrant sa poitrine, ses yeux graves fixés sur les miens.

Mais à ce moment, j'y vis autre chose que la sévérité coutumière : une émotion étrange qui, me semblait-il, y laisser briller la douceur des larmes.

— Tu es sauvé ! dit-il.

Je poussai un cri de détresse.

— Pourquoi me fallait-il revenir ici, dans cette maison infernale ! sanglotai-je. Je vous ai reconnu là-bas, près de la mer, vous étiez le Dr Mandrix, et vous m'avez fait revenir.

Il continuait à me considérer avec de grands yeux immensément tristes et un mot incompréhensible tombe de ses lèvres :

— Moïra !

Je tendis vers lui des mains suppliantes.

— Qui êtes-vous, Eisengott ?... Vous êtes terrible et pourtant vous n'êtes pas méchant comme bien d'autres qui furent ici auprès de moi.

Un soupir souleva sa poitrine et un désespoir pathétique troubla au long d'une brève minute son masque de vieille cire.

— Je ne dois pas te le dire... Les temps ne sont pas encore révolus, mon pauvre enfant.

— Je veux partir, sanglotai-je de plus belle.

Il approuva doucement du chef.

— Tu partiras... Hélas ! tu quitteras Malpertuis, mais Malpertuis te suivra dans la vie, ainsi l'a voulu...

Il se tut et je vis ses belles et puissantes mains tressaillir.

— Qui donc, Eisengott ?

Pour la seconde fois, l'énigmatique mot tomba de ses lèvres frémissantes :

— Moïra !

Il courbait à présent la tête, comme vaincu par une force inéluctable.

— Partons ! dis-je tout à coup.

— Soit, mais tu mettras ta main dans la mienne, tu te laisseras guider par moi et tu n'ouvriras pas les yeux si tu veux échapper au plus terrible des sorts !

J'obéis ; nous franchîmes la porte, je descendis des marches au bras de mon singulier protecteur ; les dalles du corridor sonnèrent sous nos pas.

Soudain nous fîmes halte et je sentis le grand corps d'Eisengott trembler comme le mien.

Un hymne sombre et sauvage montait au loin, du fond de la nuit.

— Les Barbusquins ! s'écria Eisengott avec terreur. Ils viennent ! Ils approchent ! Ils sortent de la mort !

Il tremblait comme un buisson dans le vent.

— Vous avez peur d'eux ? demandai-je à voix basse.

Il soupira.

— Non, répondit-il, mais de ce qu'ils représentent pour moi... le néant !

Un vent frais balaya mon visage, l'hymne se tut brusquement.

— Nous sommes dans la rue ! m'écriai-je avec joie.

— Oui, mais je te supplie de garder les yeux fermés !

Nous marchâmes, côte à côte, en silence, jusqu'au moment où il leva la singulière interdiction.

Je me trouvais en face de l'auberge de Bets où un lumignon veillait encore derrière les rideaux.

— Va, mon enfant, la paix t'est revenue, dit Eisengott en lâchant mon bras.

Je le retins.

— Là-bas, au bord de la mer, j'ai revu mon père et...

Les mots me restèrent dans la gorge.

— Et les yeux de Nancy, murmurai-je avec peine.

Il secoua violemment la tête.

— Tais-toi... tais-toi ! Tu n'as vu que des fantômes, les reflets des choses cachées. Que les grandes volontés qui régissent les mondes fassent qu'elles le restent pour toi, mon enfant !

Il s'éloigna avec une telle rapidité que je ne le vis pas disparaître dans l'obscurité.

Je poussai la porte de la taverne : Bets, le chapelet aux mains, leva vers moi des yeux tranquilles et souriants.

— Tu m'attendais donc ? m'écriai-je.

— Mais oui, dit-elle simplement, je savais que tu reviendrais bientôt et que je pouvais t'attendre, puisque j'ai prié tout le temps.

Je me jetai dans ses bras.

— Je veux partir loin d'ici, avec toi ! sanglotai-je.

Bets m'embrassa longuement sur les yeux.

— C'est bien ce que je veux, mon cher garçon, tu iras avec moi à mon village. Je te conduirai chez les bons Pères Blancs, ajouta-t-elle avec un soupir.

Ses yeux se remplirent de larmes.

— Viens à moi... Viens à moi... c'est ainsi que leur cloche parle ; pendant que je priais pour toi, je l'ai entendue comme si elle sonnait tout près, alors qu'en réalité elle est loin, bien loin...

Ici finissent les Mémoires de Jean-Jacques Grandsire.

Chapitre neuvième

LA NUIT DE LA CHANDELEUR

À la chandeleur, le démon, ennemi de la lumière, dresse ses plus terribles pièges.

(Folklore flamand)

Les pages qui suivent sont dues à Dom Misseron, en religion Père Euchère, abbé du moutier des Pères Blancs, dont le nom s'entoure d'une certaine renommée littéraire. En effet, on possède de lui quelques recueils de récits de voyages et d'aventures, car il fut, avant son pieux adieu au monde, un grand voyageur devant l'Éternel.

Les Mémoires de Jean-Jacques Grandsire ont dormi bien des années dans les archives de cet homme de bien, et il convient de lui rendre cette justice, qu'il n'y fit pas de coupes sombres.

Jamais, d'ailleurs, il n'eut l'intention de les livrer à la publication ; il a fallu l'intervention de l'indiscret sans probité que je suis, pour que cela se fît.

Ainsi l'histoire de Malpertuis, qui aurait pu s'achever sur un mystère absolu, continue et se défait quelque peu — bien peu, hélas ! — des voiles ténébreux qui l'enserrent jalousement.

Le bon frère Morin ne dut pas se faire prier pour me tracer un fidèle récit de l'arrivée du visiteur.

Les matines chantées, comme les conventuels se dirigeaient vers le réfectoire, l'homme surgit du brouillard et traversa, d'un pas alourdi par la fatigue, le pré sur lequel s'ouvre la poterne du sud.

Le frère Morin, qui en avait la surveillance et qui s'apprêtait à laisser paître en liberté trois de nos vaches rousses qu'un trop long séjour à l'étable affaiblissait visiblement, le vit venir et s'empressa au-devant de lui.

— Je veux vous épargner le détour par le grand pré qui est très humide et dont le sentier est défoncé par le roulage d'hiver, lui dit-il. À vrai dire, je ne devrais pas le faire, les étrangers sont tenus de se présenter à la grande porte et d'y être reçus par le frère tourier, mais vous me paraissez très las.

Le frère Morin, pour être un saint homme, n'en était pas moins bavard et rien ne lui plaisait davantage qu'un brin de causette.

L'homme portait une soutanelle que le brouillard et la pluie matinale avaient trempée et un coup de vent avait dû lui enlever son chapeau, car il était tête nue et ses cheveux lui collaient sur le front et dans le cou.

— Il y a un bon feu dans la cuisine, continua le frère,

et le café est tout chaud. Comme on a cuit le pain hier, vous le mangerez frais, on n'en fait pas de meilleur. Le fromage provient du lait de nos brebis, il est bon, mais un peu maigre en cette saison.

Le voyageur murmura quelques vagues remerciements.

— Seriez-vous d'Église ? demanda tout à coup le frère Morin qui n'avait pas fait grande attention, jusque-là, aux habits du visiteur.

— Je suis l'abbé Doucedame, répondit l'autre, et je suis venu voir le Très Révérend Père Euchère, pour qui je ne suis pas tout à fait un inconnu, j'ose l'espérer.

— Pas avant de vous être convenablement restauré, répliqua le brave frère Morin, notre saint abbé m'en voudrait certainement si je vous laissais aller à lui, dans l'état où vous êtes.

L'abbé Doucedame se laissa conduire au coin du feu, accepta une grande jatte de café au lait, mais refusa l'énorme tartine beurrée et le copieux triangle de fromage de brebis.

— Je ne pourrais avaler un morceau, avoua-t-il, ma gorge est douloureusement enflée et tout le corps me fait mal. J'ai fait route toute la nuit, dans la pluie et le vent, par des chemins affreux. Si je n'avais entendu à travers le brouillard l'appel de votre clocle, je crois que je me serais couché sur le bord de la route pour mourir.

— Miséricorde ! s'écria le père Morin, vous n'allez pas tomber malade, hein ?... J'étais si heureux de voir enfin quelqu'un... Les visiteurs sont bien rares à cette époque.

— Je voudrais parler au plus vite au Père Euchère, murmura l'abbé Doucedame.

— J'y cours ! s'exclama l'excellent Morin. Non, non,

restez assis auprès du feu, notre saint abbé sera trop content de se déplacer pour vous faire accueil !

En effet, je laissai aussitôt ma tasse de lait fumant et les tartines de pain chaud que je savourais — je l'avoue à ma honte — avec une réelle gourmandise et je suivis le bavard frère Morin à la cuisine.

L'abbé Doucedame s'y trouvait auprès du foyer crépitant, entouré d'une buée grise qui s'élevait de ses vêtements mouillés, la tête penchée sur la poitrine, respirant avec peine.

— Il s'est endormi, le pauvre ! s'écria le frère Morin apitoyé.

Je posai ma main sur son front et le sentis brûlant de fièvre.

— Qu'on le mette au lit sur l'heure, avec deux bouillottes aux pieds, et qu'on lui prépare une tasse de lait brûlant avec du rhum, ordonnai-je.

Ce qui fut fait sans tarder.

J'allai le voir deux heures plus tard, quand j'eus expédié le plus gros travail de la matinée et, à mon extrême mécontentement, le trouvai éveillé et même prêt à se lever.

— Je vous défends de quitter le lit, lui dis-je sévèrement, vous avez pris froid et une imprudence pourrait vous coûter cher. Videz cette tasse et je vais vous en faire préparer une autre.

Il me serra la main avec reconnaissance.

— Le frère lai vous a dit mon nom ? demanda-t-il.

J'acquiesçai du geste.

— Mon cher abbé Doucedame, dis-je, vous ne serez pas fort étonné si je vous disais que je vous attendais quelque peu.

Il hocha la tête et me jeta un regard soucieux.

— Vraiment, Père Euchère... alors, c'est bien qu'*il* est ici.

Je fis un nouveau signe affirmatif de la tête.

— Comme vous le dites, mon cher Doucedame, *il* est ici et j'espère bien le protéger contre les mauvaises puissances dont il fut la triste victime.

— Ah ! Père Euchère, s'écria-t-il avec des larmes dans la voix, puissiez-vous dire vrai ! Mais même pour un saint homme comme vous, la tâche sera terrible, sinon impossible.

Il dut lire sur mon visage la réprobation avec laquelle j'accueillais ce doute, indigne d'un homme d'Eglise, car il ajouta aussitôt :

— Pardonnez-moi... le manque de confiance dans la bonté infinie de Dieu est le plus grand des péchés.

Après un moment de silence, il demanda à voix basse :

— Et... comment est-il ?

— Rassurez-vous, répondis-je, sa vie n'est pas en danger, mais son esprit semble glisser dangereusement sur les pentes de l'abîme. Une jeune femme de la contrée, qui quitta jadis son village pour la ville, l'a conduit jusqu'ici.

« En cours de route, ils paraissent avoir eu des aventures qui l'ont fortement effrayé et abattu.

« Je l'ai confié à notre frère infirmier qui le soigne avec dévouement et me paraît satisfait de son état actuel.

« Les règles du couvent nous défendent de recevoir ici des femmes, sinon j'aurais volontiers permis à cette brave et courageuse jeune fille de ne pas quitter son chevet.

— Des aventures..., murmura l'abbé Doucedame, encore et toujours...

— Mon Dieu, mon cher Doucedame, vous pensez

bien que j'ai interrogé la jeune fille, qui se nomme Bets et dont je connais très bien l'honorable famille. Elle n'a pas pu dire grand-chose, elle parlait seulement d'une effroyable apparition qui surgit brusquement du brouillard. C'étaient trois monstres hideux qui, à plusieurs reprises, essayèrent de leur barrer la route, mais se retirèrent à chaque fois, parce qu'une voix claire les interpellait du fond de la brume.

» Alors les horribles fantômes s'enfuyaient en criant: "Euryale! Euryale!" et semblaient eux-mêmes très effrayés, au dire de Bets.

» La vaillante enfant n'a pas cessé de prier et estime, à juste titre, que de cette façon les suppôts du Malin ne pouvaient rien contre elle ni son compagnon.

» Mais ce dernier tremblait de fièvre quand elle nous l'amena, et son esprit battait la campagne. Y comprenez-vous quelque chose, mon cher abbé?

— Je le crains, répondit-il d'une voix sombre.

Je continuai:

— Bets m'a remis un rouleau de papier, disant que son ami avait passé trois jours et trois nuits à l'écrire. Elle n'avait eu le temps ni la curiosité de les lire, mais était convaincue que je pourrais en tirer quelques enseignements.

Ici je me tus et me sentis bien perplexe.

— J'ai lu et... comment dire?... Dieu rend fou ceux qu'il veut prendre. Mais pourquoi voudrait-il la perte de ce pauvre garçon contre qui s'acharnent de si ténébreuses puissances? En vérité, Doucedame, mon cœur serait délivré d'un poids bien lourd, si j'étais certain que ces pages sont l'œuvre d'un dément...

— Il ne l'est pas! affirma Doucedame avec force.

— C'est ce que je crains, dis-je simplement, et alors que Dieu le protège !

— Confiez-moi ces écrits, demanda l'abbé.

— Je veux bien, à condition que vous vous sentiez assez fort pour les lire ; n'oubliez pas que vous aussi, chez ami, vous êtes malade.

— Pas à ce point, corrigea-t-il. D'ailleurs, Père Euchère, si je suis venu ici, c'est que tout en moi crie que les heures sont précieuses.

— Peut-être avez-vous raison, dis-je après quelques instants de réflexion. Je vais vous remettre ce rouleau. Puissiez-vous projeter quelque clarté parmi tant de ténèbres !

Je vins le retrouver à l'heure de midi, comme le frère cuisinier lui apportait une réconfortante collation à laquelle, pourtant, il toucha à peine.

— Vous avez lu ? demandai-je, la gorge serrée par l'angoisse.

L'abbé Doucedame leva vers moi des yeux agrandis par la terreur.

— J'ai lu... ah ! Père Euchère, mon jeune ami n'a pas menti ! Tout cela est affreusement vrai.

— Miséricorde ! m'écriai-je, Dieu ne pourrait permettre une telle abomination !

L'abbé passa sa main sur son front moite de sueur.

— Il faut que je me recueille, que je réfléchisse, que je puisse coordonner bien des choses encore, et alors, Père Euchère, j'espère pouvoir apporter ce peu de clarté que vous demandez. Pour l'heure...

Il hésitait visiblement.

— J'ai une prière à vous faire, un service énorme à vous demander, aussi incompréhensible qu'il puisse vous paraître. Il s'agit d'une chose — hélas ! — personnelle... terrifiante entre toutes.

— Parlez, dis-je, tout ce qui est en mon pouvoir et dans celui de mon couvent sera fait.

— Aujourd'hui nous inscrivons au calendrier..., dit-il d'une voix à peine perceptible.

— Nous sommes au dernier jour de janvier, fête de la sainte Marcelle, qui naquit à Rome en l'an 350 et mourut au début du siècle suivant. Sa vie, très édifiante, est malheureusement peu connue et les traités d'hagiographie nous apprennent peu de chose à son sujet. Croyez, cher ami, que je le déplore.

— Demain..., continua l'abbé Doucedame, les yeux perdus dans le vague.

— Jour de la Purification; nous nous préparons à fêter dignement, le lendemain, la chandeleur.

— La chandeleur ! s'écria le malade, oui, oui, j'entends bien, la chandeleur !

— Tout le monde, en ce jour, commence des neuvaines, vous n'ignorez pas qu'elles sont très efficaces. Au village, on allume des cierges bénits et l'on fait gaufres, crêpes et darioles, dont une part revient au couvent. Même on y fricasse plus d'un lièvre pris au collet et nombre d'infortunés lapins rendent leur dernier soupir dans la casserole, sans parler des poulets et des canards.

» Cette fête me remplit toujours d'une joie un tantinet païenne, n'est-ce pas celle de la lumière ?

— La lumière ? s'écria l'abbé Doucedame, ah ! Père Euchère, elle n'est parfaite et absolue que dans le voisinage de Dieu ; en notre triste monde, les ténèbres s'y collent comme d'infernales ventouses.

Il était très énervé et je mettais son excitation sur le compte de la fièvre qui le brûlait.

— Vous m'avez parlé d'un service à vous rendre, dis-je, délaissant le sujet.

Jamais je ne lus une supplication plus intense dans les yeux d'un homme.

— Ne m'en demandez pas la raison, du moins pas encore, gémit-il. Peut-être que Dieu me prendra en pitié et m'épargnera les tourments que je prévois et que je crains inéluctables. La chandeleur..., Père Euchère, la nuit de la chandeleur, il faudra m'enfermer dans une chambre dont les fenêtres soient protégées par des barreaux à l'épreuve de toute évasion.

— Eh, fis-je, étonné, personne ne pourrait s'introduire auprès de vous.

— Ce n'est pas cela que je crains, s'écria-t-il, il ne s'agit pas d'écarter des intrus improbables, mais de me protéger contre moi-même ! Il faudra une chambre dont je ne puisse sortir, que personne ne me laisse quitter ! Oh ! Père Euchère, comme il m'en coûte de devoir vous adresser une telle prière sans vous en donner de valable raison.

Je lui imposai le silence.

— Tout sera fait selon votre désir, mon cher frère, et maintenant nous ne nous occuperons que de votre guérison.

Un sourire de détente glissa sur son visage et, peu de temps après, il s'endormit paisiblement.

Le lendemain, je le trouva reposé, mais faible et parlant avec beaucoup de peine. Le frère infirmier lui trouva la gorge enflée et prescrivit un remède d'herbes cautérisantes très efficace ; en même temps, cet humble mais utile serviteur m'apprit que la prostration dans laquelle le jeune Grandsire était plongé depuis son arrivée ne se dissipait pas ; au contraire, elle se compliquait de périodes agitées et houleuses, pendant lesquelles le malade était manifestement en proie à de pénibles cauchemars ; les meilleurs calmants semblaient rester sans effet.

J'en fus bien troublé car la préparation de la fête du lendemain exigeait presque tout mon temps.

Peu après l'heure de midi, le frère tourier m'annonça un visiteur.

C'était un homme du peuple, habillé de vêtements grossiers mais confortables et porteur d'un paquet enveloppé de forte toile.

— Mon nom est Piekenbot, me dit-il, je suis savetier de mon état. J'ai mis deux jours pour venir et ce fut un bien désagréable voyage.

— Vous êtes certainement le bienvenu, répondis-je, et Dieu me garde de vous demander la raison d'un aussi long et fatigant chemin.

— Je vous la donnerai pourtant, dit-il en fronçant les sourcils qu'il avait durs et épais, bien qu'elle me semble aussi singulière qu'elle vous le paraîtra.

De son doigt noirci par la poix et le cirage, il me désigna le paquet enveloppé de toile.

— Il faudra remettre cette chose-là à un certain abbé Doucedame.

— Vous savez donc qu'il est ici ? m'écriai-je.

Il secoua la tête et son front se rida davantage.

— Je suis un ouvrier au cœur simple et de bon sens, dit-il. Est-il raisonnable, pour un homme pareil, de prêter créance à un rêve et surtout d'y obéir ?

Je réfléchis avant de répondre, car la question me parut trop grave pour la traiter légèrement.

— Parfois le Seigneur, dans son infinie sagesse, s'est

servi du songe pour envoyer à sa créature de salutaires avertissements et même des ordres.

— C'est ce que j'ai pensé, dit-il (et son visage se rasséréna quelque peu), mais tous les songes viennent-ils de Dieu ?

Je le regardai avec effroi.

— Non, dis-je, malheureusement non, n'oublions pas que le Malin est un archange déchu et qu'il dispose de moyens formidables pour induire les mortels en tentation et les pousser dans l'erreur.

Piekenbot accepta cette observation en secouant énergiquement sa grosse et sombre tête.

— C'est ce que je me disais. Comme je n'ai rien à vous cacher, je vous dirai pourquoi je suis venu :

» J'avais un ami, Philarète, qui faisait métier d'empailleur de bêtes et tenait un petit cabinet de naturaliste. Il y a quelques mois, il le quitta pour s'établir dans une maison de maître. Pour une question d'héritage, à ce qui se disait. Il y a trois jours, je le vis en rêve ; or, notez que je ne rêve jamais. Donc je le vis et je me sentis fort effrayé par son attitude. Il se tenait devant moi, immobile comme une statue, ses yeux étaient morts et froids et affreux à voir, seules ses lèvres bougeaient.

» — Piekenbot, dit-il, tu feras ce que je t'ordonnerai de faire sous peine de grands malheurs. Demain à l'aube, tu trouveras sur ton seuil un paquet enveloppé de grosse toile que tu te garderas bien d'ouvrir. Tu te mettras immédiatement en route vers le Nord et tu arriveras au couvent des Pères Blancs où se trouve l'abbé Doucedame. Ce paquet lui est destiné.

» Là-dessus je vis Philarète chanceler et choir lourdement sur le sol.

» Jugez de ma terreur quand je m'aperçus qu'il était

tombé en morceaux et que la terre était jonchée de grosses pierres éclatées. Mais dans le rêve il faut admettre les choses les plus étonnantes, n'est-il pas vrai ?

» Le lendemain, à mon réveil, j'ai trouvé le paquet à l'endroit indiqué, et je sentis qu'il me fallait obéir aux ordres reçus dans le songe.

Malgré mes instances, Piekenbot refusa de rester notre hôte et il prit rapidement congé après m'avoir demandé ma bénédiction.

Sur l'heure, je me mis en prière.

— Seigneur ! éclairez-moi ! suppliai-je.

Le Très-Haut m'entendit-il ? Sans doute.

En me levant, mes yeux tombèrent sur le paquet que Piekenbot avait laissé sur la table, et une grande terreur m'envahit l'âme.

Je le pris et l'enfermai à triple tour dans un placard où je garde quelques objets de valeur.

Il me parut très lourd et j'ose affirmer que le peu de temps que mes mains le touchèrent, j'eus une impression de brûlure.

Et je décidai de ne pas le remettre à celles de l'abbé Doucedame de qui l'étrange désir me revint à l'esprit.

Le soir vint, un vent âpre fouaillait les arbres et à la nuit close se mit à souffler en tempête.

La nuit de la chandeleur était venue.

~

Fidèle à ma promesse, dès le crépuscule, j'avais fait transporter l'abbé Doucedame dans une pièce de la tour d'Ouest, qui avait servi, naguère, de chambre forte. La porte en était en chêne clouté de fer et nanti de trois puissantes serrures extérieures ; l'unique fenêtre, haute et étroite, était pourvue d'une double rangée de barreaux scellés dans la muraille.

Comme les frères lais l'y déposaient sur une couchette de fortune, un dernier reflet du couchant incendia le réduit et le malade me parut environné de flammes et de sang.

J'en conçus une nouvelle terreur et décidai de passer une grande partie de la nuit en prière pour le salut des hôtes qui nous avaient été confiés.

J'ai une vénération particulière pour saint Robert, abbé de Molesmes, fondateur du monastère de la forêt de Citeaux, mais je dois avouer que ce culte pieux est dû à une bien indigne vanité.

Il se trouve que Dieu a voulu me faire à l'image de ce saint fondateur et que j'en tire un orgueil immérité ; n'empêche que je n'ai jamais fait appel en vain à celui dont je ne suis, au sens physique du mot, que le pâle reflet.

Je l'invoquai, je lui demandai de me guider à travers les ténèbres et le mystère qui m'entouraient.

Vers minuit, je crus pouvoir prendre un peu de repos, quand des coups discrets furent frappés à ma porte.

C'était le frère Morin que j'avais posté avec deux autres bons serviteurs à la porte de l'abbé Doucedame, pour le cas très improbable où, pour l'une ou l'autre raison, cette porte eût été ouverte à l'encontre de mes ordres.

Le pauvre homme me parut très effrayé, il était pâle et tremblait de tous ses membres.

J'ai toujours un vulnéraire sous la main et je le lui fis prendre ; il en parut réconforté et me donna la raison de sa venue.

— On marche dans la chambre ! dit-il.

— Eh ! il se pourrait que l'abbé Doucedame eût quitté le lit, bien qu'il m'eût semblé trop faible pour le faire.

— Oh ! mon père, s'écria Morin, ce n'est pas le pas d'un malade qui peut à peine se tenir sur les jambes, ni même d'un mortel ordinaire. Ce sont les pas d'un géant... d'une bête plutôt, ce sont des bonds et des heurts, qui font frémir les murs et même les dalles du corridor.

Je l'accompagnai sans plus de paroles, je savais le bon frère Morin assez enclin à l'exagération, mais à peine tourné l'angle du couloir, je me rendis compte qu'il n'avait pas menti.

La porte aux triples ferrures était secouée par une fureur extrême et, bien qu'elle eût défié un bélier, je m'attendais à chaque instant à la voir sauter hors de ses gonds.

— Abbé Doucedame ! m'écriai-je, qu'arrive-t-il ?

La réponse vint, tellement épouvantable que nous prîmes tous la fuite vers le fond du corridor.

Un rugissement de tigre s'était élevé, puis une voix monstrueuse vomissant les injures et les blasphèmes les plus noirs ; en même temps, nous entendîmes le bruit des carreaux qu'on cassait avec fureur.

J'invoquai le saint nom du Seigneur et celui de mon protecteur, saint Robert, puis je me représentai devant la porte.

— Doucedame ! criai-je, au nom de notre Seigneur Jésus-Christ, je vous ordonne de rester tranquille.

Un rire démoniaque déchira la nuit et j'entendis le bruit frénétique de griffes essayant de labourer le bois épais de la porte.

Le couvent entrait en émoi, des portes s'ouvraient et des voix apeurées demandaient ce qui arrivait.

Soudain, la cloche de la grande porte fut agitée avec

force et j'entendis, au loin, le frère tourier s'entretenir par le guichet avec un visiteur nocturne.

Bientôt le frère arrivait chez moi, une lanterne à la main.

— Mon Père, balbutia-t-il, c'est la jeune fille du briquetier, vous savez bien. Bets on la nomme. Elle supplie qu'on la laisse entrer... Elle dit qu'il y a un diable tout en flammes qui essaye de sortir par la fenêtre de la tour d'Ouest.

Je donnai rapidement des ordres.

— Quoi qu'il puisse arriver, gardez cette porte ! Tenez-vous, croix bandie devant elle, et dites les prières qui exorcisent ! Et vous, frère tourier, je vous autorise à laisser entrer cette jeune fille, je viendrai la rejoindre sur l'heure.

Je la trouvai dans la chambre où je m'étais tenu en prière, elle était livide et son visage, bien que mordu par la bise glaciale qui soufflait, ruisselait de sueur.

— Mon Père, gémit-elle, je sais ce que c'est...

Elle s'arrêta brusquement de parler, et ses yeux agrandis par l'effroi se tournaient vers le placard...

Mais je faisais comme elle, et ma terreur n'était pas moins grande : des coups violents venaient d'être frappés à l'intérieur de l'armoire.

J'hésitais avant d'ouvrir, quand soudain la serrure sauta au loin et le paquet de toile roula au milieu de la chambre.

Non, disons plutôt qu'il bondit dans la pièce, car il fracassa une des chaises massives posées devant la table.

Je me mis à hurler les saintes et redoutables paroles qui chassent le démon, car une vie affreuse agitait cette chose informe.

Nous vîmes la toile se fendre, éclater, et une forme

hideuse se tordre dans l'ouverture, essayant de se libérer de ses liens.

Sur cette forme, Bets se jeta en criant :

— Dans le feu ! Dans le feu !

Il y avait du feu dans l'âtre et les flammes dansaient encore sur les grosses bûches de hêtre que j'y avais mises dans le courant de la soirée.

Je vis Bets aux prises avec un étrange et répugnant monstre flasque, une effroyable peau de loup livrée à d'atroces convulsions.

— Dans le feu ! répéta Bets en déployant avec une vigueur insoupçonnée.

Les premières flammes mordirent l'infernale dépouille et Bets entassa aussitôt sur elle toute la provision de bois sec qui se trouvait à côté de la cheminée.

Au même instant, une clameur énorme ébranla le couvent ; c'était un concert monstrueux de plaintes, de rugissements, d'appels de souffrance inhumaine, d'imprécations et de supplications.

À cela se joignaient les cris de terreur des moines accourant de toutes parts.

— Il brûle ! Il brûle ! s'exclamait Bets qui, insensible aux morsures des flammes, repoussait sans cesse la peau de loup dans le brasier.

Enfin, celle-ci retomba, inerte, et peu de secondes après, elle n'était plus qu'un amas de cendres nauséabondes.

Une immense lamentation s'éleva au loin dans le corridor, et les pleurs d'un être souffrant les plus immondes tortures.

Bets me regarda avec des yeux emplis de larmes.

— Je pense à mon pauvre fiancé, dit-elle. Allons trouver l'homme qui a cessé d'être un loup-garou, mais dont les heures sont à présent comptées.

Sans dire un mot, je courus à la chambre de la tour d'où montait la poignante plainte.

— Ouvrez, ordonnai-je au frère Morin, il n'y a plus là qu'une pauvre âme qui souffre.

Il obéit en tremblant.

De la main du frère tourier, je pris la lanterne et en dirigeai la lumière sur le grabat où l'abbé Doucedame se tordait dans une douleur sans nom.

Il était terrible à voir, sa peau se soulevait, par endroits, en larges cloques, et en d'autres, sa chair n'était plus qu'une plaie sanguinolente.

Mais dans ses yeux, malgré les tourments, brillait une joie étrange.

— Sauvez mon âme ! émit-il avec peine.

Je le répète : le frère infirmier était un homme habile, il eut bientôt sous la main des baumes et des compresses lénifiantes.

— Mon père, dit l'abbé Doucedame d'une voix redevenue soudain calme et claire, Dieu ne me laissera pas quitter cette terre sans avoir parlé.

» Que le jour de la chandeleur soit celui de la lumière enfin !

Une de ses mains se détacha de son corps, elle était complètement calcinée, mais il s'endormit, un sourire de béatitude sur ses lèvres noircies.

Chapitre dixième

L'ABBÉ DOUCEDAME PARLE...

De la croyance des hommes sont nés les dieux...

VOLTAIRE

Il a suffi d'un rêve de femme ou de poète pour faire naître un dieu.

STERNE

Quand sa tente tint au sol, qu'il eut chassé et pêché, taillé des flèches et aiguisé des harpons, il coupa une branche d'arbre et en fit un dieu.

ZABELTHAU (Les Âges d'Or)

La charpie et les bandages avaient transformé la tête de l'abbé en une grotesque sphère blanche, tachée d'ombre à l'endroit des yeux et de la bouche. Ces yeux étaient brillants et d'une profondeur d'eau marine, comme j'en ai vu parfois à ceux qui font d'émouvants adieux à la vie.

Il parlait sans grande difficulté et son esprit était clair; il m'affirma qu'il souffrait très peu et qu'il reconnaissait là une preuve de l'infinie miséricorde du Seigneur.

— Mon Père, dit-il, dès que j'eus pris place à son chevet, je suis petit-fils de sacrilège. Cela vous explique-t-il l'effroyable drame de cette nuit?

— Mon frère, répondis-je, bien embarrassé par un problème duquel la sagesse ecclésiastique nous tient éloignés, je crains que vous ne donniez dans la superstition.

— ... qui est fille naturelle de toutes les religions du monde, repartit Doucedame avec un peu d'ironie. Je pourrais vous citer des ouvrages faisant autorité qui reconnaissent que les enfants des prêtres prennent, jusqu'à la sixième génération, la forme d'un loup monstrueux, dans la nuit de la chandeleur. Certains affirment que cette malédiction disparaît plus vite mais je ne puis consacrer les heures qui me restent à de vains échanges de vues.

» Mon grand-père Doucedame fut ordonné prêtre et, que le Ciel ait pitié de lui comme de moi-même, fut un serviteur indigne du Seigneur. Pourtant, l'affreuse révélation ne m'en vint que tard dans la vie, sur une terre lointaine où je m'efforçais de gagner de pauvres âmes païennes à la gloire du Rédempteur. Un seul homme était au courant de cette fantastique tare: le capitaine Nicolas Grandsire, et je crois qu'il a mis tout en œuvre pour me secourir et me délivrer.

» Oui, quand il m'appelait le bonhomme Tatou, il faisait allusion à la sombre menace annuelle, et cela sans malice, croyant me mettre en garde contre le péril infernal.

» Ce fut lui qui m'obligea de quitter le pays des antipodes, espérant que le démon ne me suivrait pas au delà des lointaines latitudes.

» Il me confia, en partie, la garde de ses enfants qu'il avait laissés au pays, imaginant qu'au contact des jeunes âmes pures, la mienne serait délivrée du boulet de Satan.

» Hélas, je me rendis bien vite compte que l'on ne se détache pas si aisément de la roue du destin, surtout quand le Tentateur la fait tourner à son agrément et son profit.

» Cassave eut tôt fait de me découvrir, de me considérer comme une chose à lui, et son cousin Philarète, l'odieux naturaliste, dès notre première rencontre, me fit savoir qu'il me destinait *une magnifique peau de loup*.

J'avais décidé de ne pas interrompre les ultimes discours du pauvre abbé, mais je ne pus me défendre de lui poser une question.

— Qui donc est ou fut cet énigmatique Cassave ?

— Père Euchère, je vais me tourner bientôt vers ce terrible personnage, je n'ai voulu consacrer à moi-même que le nombre de minutes nécessaire à mon pardon. La tache originelle rend légitime la punition des fils pour la faute des pères, mais elle leur permet d'aspirer à la rémission du péché.

» Dieu admet certes des exceptions à la terrible loi du châtiment des sacrilèges, mais il laissera, de temps à autre, se lever des loups-garous parmi les hommes. Je ne puis que l'en louer.

» Je ne reparlerai de moi-même et de mes forfaitures qu'à l'heure où je m'approcherai pour la dernière fois de la sainte table de pénitence, en vous suppliant de m'absoudre.

» À présent, je me dois encore à l'œuvre redoutable que j'ai entreprise : arracher le masque de Malpertuis.

» Hélas ! mon Père, trois fois hélas, stériles ont été mes efforts et je ne puis vous en servir que de maigres fruits. J'ai bien peur qu'après vous avoir dit ce que j'ai pu apprendre, vous ne vous sentiez plongé dans des ténèbres plus profondes encore.

~

— Qui est, ou qui fut Cassave ? Quentin Moretus Cassave ?

» Ne sursautez pas, mon Père, ne croyez pas que la fièvre m'inspire ; je le découvre pour la première fois, parmi cette étrange secte d'illuminés qui se fonde vers l'an 1630 en Allemagne et dont les secrets ne furent jamais révélés : les Rose-Croix.

» Ainsi, me direz-vous, cet homme étrange et néfaste aurait atteint plus de deux siècles d'âge ?

« Je réponds qu'il vous est impossible d'ignorer que des savants et des chercheurs ont avoué avec trouble et répugnance que les Rose-Croix avaient parfaitement pu découvrir l'élixir de longue vie.

» Quelques-uns d'entre eux, Rosenkranz par exemple, n'ont-ils pas dépassé la centaine de plusieurs lustres ? Et, ce qui est plus troublant encore : on trouve bien l'attestation de leur disparition, mais nulle trace de leur décès !

» Quentin Moretus Cassave possédait un savoir énorme, il était docteur en sciences occultes et hermétiques, j'ai découvert un traité de démonologie et de nécromancie, augmenté d'un aperçu clair et terrible sur la Kabbale, entièrement de sa main, et que j'ai livré sans remords aux flammes, tant il me paraissait redoutable.

» Ce fut un helléniste remarquable et je n'ai pas cru impossible un moment que, son esprit s'étant purifié, il se fût adonné avec amour à la recherche de la beauté éternelle, richesse impérissable de la Grèce antique.

» Ah ! comme il m'a fallu déchanter depuis ! Quelles aspirations monstrueuses se cachaient derrière le voile d'or et de lumière !

» Cassave a promulgué une loi qu'il entendait exploiter à son terrible profit : les hommes ont fait les dieux, du moins ils ont contribué à leur perfection et à leur puissance. Ils se sont prosternés devant cette œuvre immense de leurs mains et de leur esprit, ils ont subi leur volonté, se sont soumis à leurs désirs comme à leurs ordres mais les ont également voués à la mort.

» Les dieux meurent... Quelque part dans l'espace, flottent des cadavres inouïs... Quelque part dans cet espace, des agonies monstrueuses s'achèvent lentement au long des siècles et des millénaires.

» Cassave voyagea peu, son esprit seul entreprit de puissantes errances, et cela dut lui suffire.

» D'ailleurs, le temps existait à peine pour lui, si vous admettez ce que je viens de vous révéler quant à sa fantastique longévité.

» Un jour, il donna des ordres.

» Un navire équipé par ses soins partit pour la mer de l'Attique.

» Mon grand-père Doucedame, un homme pervers mais savant, était à bord : le père de Nicolas Grandsire, le capitaine Anselme, commandait le navire.

» Les instructions reçues étaient pour le moins étranges.

» *Il leur fallait retrouver les dieux mourants de la Grèce antique !*

» J'ai bien dit *mourants*, car tous les dieux païens ne sont pas morts, il leur reste encore un frisson de vie.

» Écoutez donc sans frémir une des affreuses données de ce que je continuerai d'appeler la loi de Cassave :

» Les hommes ne sont pas nés du caprice ou de la volonté des dieux, au contraire, les dieux doivent leur existence à la croyance des hommes. Que cette foi s'éteigne et les dieux meurent. Mais cette foi ne se souffle pas comme une flamme de chandelle, elle s'allume, brûle, irradie et agonise. Les dieux vivent d'elle, lui empruntent leur force et leur pouvoir, sinon leur forme. Or, les divinités de l'Attique n'ont pas encore disparu du cœur et de l'esprit des humains ; la légende, les livres, les arts ont continué d'alimenter le brasier que les siècles ont surchargé de cendre.

» — Ne cherchez pas les cadavres de l'Olympe, a décrété Cassave, mais relevez les blessés. J'en ferai quelque chose !

» Vous avez lu les Mémoires du pauvre Jean-Jacques.

» Qu'en pensez-vous maintenant ?

Je levai des mains frémissantes.

— Mon Dieu ! faut-il croire qu'ils ont trouvé ?...

— Croyez-le ! cria l'abbé Doucedame d'une voix forte, mais...

~

Ici, le récit du malade fut interrompu par un accès de faiblesse caractérisé par deux syncopes consécutives qui me remplirent de crainte.

Le frère infirmier me demanda l'autorisation de lui

administrer un remède énergique, qui lui rendrait ses esprits, mais capable d'écourter sa vie de quelques heures.

Après une hésitation fort compréhensible de ma part, j'en pris la responsabilité.

L'abbé Doucedame revint à lui et reprit presque aussitôt la parole. Toutefois, la clarté et la précision premières étaient fortement altérées, et la suite de son récit ne fut plus qu'un pénible monologue, entrecoupé de longs silences, et dont le fil se rompait en maints endroits. Sans doute la fièvre y joua-t-elle un rôle prépondérant et ne puis-je attribuer à ce qui suit d'autre valeur que purement documentaire.

— Ils flottaient dans l'air, d'aucuns étaient morts et s'en allaient par lambeaux de nuées. Mon grand-père Doucedame en traçait une image sacrilège, même pour des dieux païens, en disant que la charogne divine fondait aux quatre vents de l'espace.

» D'autres palpitaient encore d'un restant de vie, celle que leur prêtaient encore, comme l'affirmait Cassave, des croyances obscurément enracinées dans quelques cœurs humains.

» Certains gardaient une vie larvaire, d'autres encore, bien que misérables après tout, avaient échappé à la déchéance.

» Grâce à l'épouvante, plus vivace au cœur des hommes que la foi, les puissances des ténèbres survécurent plus nombreuses.

» Derrière les halliers, une dernière déesse était blottie, nue et peureuse; c'était la dernière Gorgone, qui avait gardé toute sa puissance et toute sa tragique et suprême beauté... Sur la grève, les filles du Tartare, apeurées, s'efforçaient d'entretenir un feu d'algues sèches...

» Aha ! Les voyez-vous ? Vulcain traînant la patte, les Furies tordant leurs mains griffues, Junon flétrie, arrachant les christes-marines pour se nourrir, et même un unique Titan, échappé au châtiment jovien, infirme, asservi à Vulcain...

» Ils étaient là, furieux, désespérés, impuissants devant les armes magiques des hommes nouveaux qui allaient les réduire à l'esclavage.

» Cassave, grand maître es sciences hermétiques, avait armé Doucedame de formules formidables, d'incantations qui font frémir les étoiles de la voûte céleste. Il en usa sans vergogne.

» Ah ah ! le fourbe, il fit main basse sur tout ce qui restait encore de vie divine. Ne me demandez pas comment... Sa plume d'oie n'aurait osé confier au papier pareille révélation.

. . . .

Ici, après une longue pause, le moribond délira pendant plus d'une heure. Quand un peu de calme lui fut revenu, j'eus beaucoup de peine à suivre encore son débit fiévreux et haché.

— Ils furent enlevés à leur patrie millénaire... Ils furent gardés captifs dans une nef nauséabonde... Comment, sous quelles formes, le sais-je ?

» Doucedame n'a rien dit. Mais les Rose-Croix et surtout l'affreux sieur Cassave étaient riches de tant d'inhumains secrets !

» Et Cassave en prit réception comme d'une cargaison en règle... aha !

» Les dieux, ou ce qu'il en restait, furent vendus comme pièces de boucherie, contre des livres d'or et des écus... aha !

» Le dessus du panier avait fondu, il dut se contenter

des restes pourrissants de l'Olympe ! Aha ! Je vous en ai cité : Vulcain ou, pour être plus en règle avec l'Attique, Héphaïstos, le laideron des Cieux acoquiné avec une vague petite déité de quatre sous. Les Euménides, vieillies dans leur malfaisance impuissante. Une ruine de Titan que Vulcain asservit, n'ayant plus de Cyclopes à commander. Un greluchon, un vague varlet de l'Olympe, que Cassave lui-même n'osa identifier avec le merveilleux Apollon.

» D'autres encore... sans doute, sans doute...

» Cassave, aha ! le fourbe qui fit la loi aux dieux... Il s'aperçut bien de son impuissance quand il voulut leur donner forme de vie, après leur capture maléfique !

» En vain, il consulta les plus redoutables grimoires, il dut avoir recours à un sien cousin, un être qui semblait l'image même de la plus sordide stupidité et dont, par dérision ou dans quelque obscur et incompréhensible dessein, il avait fait, sinon son confident, tout au moins le légataire d'une parcelle infinie de son infernal savoir. Ce valet stupide avait une passion étrange et morbide : la taxidermie ! C'était le bonhomme Philarète ! Philarète confectionna pour les divinités des baudruches, des apparences humaines. Il fourra les dieux de l'antique Thessalie comme dans des sacs où ils furent à peine des hommes !

» Écoutez... une d'elles... elle était belle, les siècles l'avaient épargnée, c'était la dernière Gorgone. A deux ineptes valets qui, tout comme Philarète, étaient de son sang, il la confia comme étant leur fille... à Dideloo, un stupide expéditionnaire de mairie, et à sa femme, une ancienne fille de joie du quartier du port. Aha ! la dernière Gorgone restée belle et puissante, Euryale !

. . . .

Vers le soir, l'abbé Doucedame s'assoupit et notre bon frère infirmier lui administra une potion calmante, persuadé qu'elle l'aiderait puissamment à passer sans souffrances de vie à trépas.

Je pris un peu de repos, mais, sur le coup de dix heures, le frère Morin qui avait pris place au chevet du moribond vint me trouver en grande hâte, annonçant que l'abbé s'était réveillé et paraissait très lucide.

. . . .

— Père Euchère, dit-il, mon heure est venue. Je ne crois pas vous avoir tout dit. Mes instants sont comptés, ne dites pas le contraire. Je le sens.

» Qui est, qui fut Quentin Moretus Cassave ? Je me pose la question à moi-même.

» Incarna-t-il le démon ? Je ne le crois pas, mais je pense que le Malin a compté avec lui en lui abandonnant, comme un fief, la maison maudite, Malpertuis, où il allait se livrer à l'épouvantable expérience.

» Quels furent ses desseins en y enfermant, après sa mort, les créatures que vous connaissez ?

» Je ne le sais, mais j'ose formuler une hasardeuse conjecture : il confia la fin de l'expérience à la destinée elle-même.

» Il m'apparaît maintenant que, tout au long de leur séjour à Malpertuis, les habitants y étaient soumis à d'imprévisibles alternances de déité et d'humanité. Laquelle prima ? Peut-on le dire ? Enfermés dans de grotesques dépouilles, ils en supportèrent le poids. Ont-ils passé par des épisodes de connaissance ? Cela, j'ose l'affirmer, mais il me semble que, même en ces heures de réveil, ils savaient mal se servir de leur puissance divine. Ils restaient malgré tout à jamais de pauvres créatures. Et quand venaient les longues périodes d'oubli, ils ne se souvenaient même plus qu'ils étaient des dieux. Ils vivaient dans un étrange état humain et végétatif avec, par moments, une sorte d'anxiété, une conscience confuse de leur essence véritable...

Ici se place une nouvelle interruption de ma part :

— Vous avez parlé d'autres divinités sans citer leurs noms.

Doucedame semblait avoir prévu ma question, il s'apprêtait à y répondre quand une nouvelle syncope le priva de ses moyens. Pourtant il revint à lui et reprit la parole :

— Le magasin de couleurs... c'est un symbole... la lumière... Lampernisse... oh oui ! Rappelez-vous le dernier cri de sa vie !

— Je m'en souviens : *Promettez !*

— et il ajoute : *Ce n'est pas cela !...* Aha ! je le vois, Lampernisse, qui sanglote parce qu'on lui ravit la lumière des lampes, l'aigle qui le déchire, les chaînes qui le clouent au sol noirci de son sang : Prométhée !

Je poussai un cri d'horreur.

— Ils ont trouvé Prométhée dans son agonie éternelle et l'ont ramené pour en faire Lampernisse ! murmura l'abbé. Ô dérision ! Cassave avait doté Prométhée d'un magasin de couleurs et d'huiles lampantes !... Prométhée qui jouit à Malpertuis d'un statut particulier, dû peut-être au fait que le Destin lui-même lui avait dévolu une éternelle agonie... Lampernisse qui fut peut-être le seul, parmi les dieux captifs du satanique Cassave, à conserver toujours au moins une demi-conscience de son essence divine... Lui, n'oubliait jamais tout à fait !... Tous les autres avaient de longs moments de torpeur et d'oubli... L'aigle de Prométhée, l'aigle du châtiment, lui-même, dut oublier longtemps. C'est ce qui permit au lamentable Lampernisse de mener contre lui, à coups de couleurs et de lumière, pendant de longs mois, un dérisoire combat dont la tragique issue était cependant écrite sur la roue inexorable du Destin...

L'abbé se tut un moment.

— L'aigle... reprit-il, j'ai cru parfois qu'il s'attachait aux pas d'Euryale, la servait en quelque sorte. Qui sait ? Ah ! j'ai cru à tant de choses. Je n'ai pas toujours compris, hélas !... Mais qui pourrait m'en vouloir ? Au fond, qu'importe de comprendre ? J'avais une double mission à accomplir, celle de protéger Jean-Jacques et Nancy, et celle, bien plus terrible, de racheter l'immense faute d'un homme de mon sang.

Tout à coup un violent frisson agita l'abbé Doucedame, ses yeux s'ouvrirent tout grands.

— Les petits génies du grenier... rappelez-vous les minuscules dieux pénates, si nombreux, parfois bons, parfois méchants..., la nef du capitaine Anselme n'a ramené que ce qu'elle a trouvé.

» Eisengott... les dames Cormélon... Aha ! Ceux-là, vous avez certainement deviné qui ils étaient... Quant à moi, j'ai cherché plus loin, toujours plus loin... Tellement loin que j'ai fini par inquiéter les valets de Cassave, Philarète et Sambucque, ceux auxquels il avait légué quelques miettes de sa science gigantesque et ténébreuse... Je me suis glissé dans Malpertuis à l'insu de tous et même du pauvre Jean-Jacques Grandsire... Philarète et Sambucque tremblaient d'anxiété rien qu'à l'odeur de mon tabac... Ils étaient épouvantés à l'idée que je finisse par découvrir le Grand Secret, ce qui m'aurait armé pour sauver Jean-Jacques et leur faire connaître le châtiment... Le châtiment ?... Une autre puissance s'en est chargée... Je ne suis pas arrivé au bout de ma tâche... Dieu, dans son infinie sagesse, a voulu que les Destins s'accomplissent, son Saint Nom soit loué !... Mais des parcelles de vérité sont venues jusqu'à mon faible entendement... Griboin, crachant le feu, c'était Vulcain à n'en pas douter ; mais qui était sa femme ?... Peut-on croire à une telle déchéance qui aurait fait, de la fille de la mer, la vieille Griboin ?... Tchiek, n'était-ce pas la grotesque survivance du Titan échappé au châtiment jovien et que rapporta Anselme Grandsire ?... Rappelez-vous ce que disait Lampernisse à son sujet... Qui fut Mathias Krook ? Je vous l'ai dit, Cassave lui-même ne le sut jamais et hésita à l'identifier avec Apollon... La mère Groulle ? Pourquoi ne serait-ce pas, à l'extrême limite de sa déchéance, Junon elle-même ?... Dideloo ! Sa femme ! Philarète ! Sambucque ! Je vous en ai parlé, c'étaient des êtres humains, tout simplement, des valets de Cassave, ses exécuteurs testamentaires en quelque sorte... Et Élodie ?... Qui définira jamais le rôle de cette humble femme, pieuse et dévote, au sein de cette tourmente de puissances infernales ?... Et puis il reste... *Elle*...

L'abbé Doucedame se dressa sur son séant, d'un geste violent il écarta ses bras mutilés.

— Il l'a ramenée dans toute sa force, dans toute son épouvantable beauté ! Seigneur, protégez vos enfants contre elle !

Je le forçai doucement à se recoucher.

— C'est d'Euryale que vous parlez ? demandai-je en tremblant.

Mais le pauvre abbé Doucedame n'aurait pu me répondre, la lumière s'éteignait dans son regard.

— Cela suffit ! m'écriai-je. Que m'importent ces mystères et même la lumière que vous vouliez y apporter ? Songez à votre âme !

Je lui administrai les Saintes Huiles et prononçai les

grandes paroles qui absolvent, qui ouvrent le ciel à ceux qui vont vers Lui, confiants dans sa justice et dans sa bonté.

Quand après les ultimes prières je me relevai, l'abbé Doucedame n'était plus de ce monde.

Chapitre onzième

LES IDES DE MARS

Il n'y a pas de loi, sur terre, qui n'évoque les Euménides.
PETIT-SENN (Portefeuille)

...et que de dieux sont passés du côté du diable !
WICKSTEAD (Le Grimoire)

Oh ! Une voix, une voix pour crier !
Edgar POE (Le Puits et le Pendule)

Le frère Morin, qui avait un peu braconné dans sa jeunesse et que je suspectais de tendre encore quelques collets, m'annonça que les draines, qui avaient hiverné dans les bois de conifères, devenaient inquiètes et que la chouette chevêche avait changé son cri.

Dans les marais, les rousserolles rauquaient et tourmentaient les roseaux de leurs vols nerveux, à la nuit tombante, les courlis fuyaient au ras de l'eau en gémissant et, une fois la nuit close, les plaintes des premières grues cendrées en appelaient au ciel.

Morin prit un air soucieux pour me confier que l'oiseau du mystère crépusculaire, l'engoulevent, avait devancé de plus de trois semaines son silencieux retour.

— C'est de mauvais présage, affirma-t-il.

Et je le menaçai de pénitence pour oser verser dans la superstition.

Mais pouvais-je lui en vouloir ?

Une atmosphère délétère, faite de vagues angoisses et de soucis, nous environnait. Les bons Pères étaient inquiets et les exercices de piété s'en ressentaient.

Ma propre affliction d'ailleurs était grande, car l'état du jeune Jean-Jacques Grandsire ne s'améliorait guère.

Son intelligence semblait avoir sombré au cours des trop lourdes épreuves qui lui avaient été imposées, sa mémoire ne se réveillait pas. Pouvais-je m'en plaindre ? Je ne le crois pas.

Il reconnaissait Bets, pour qui je continuais d'enfreindre la sainte norme de notre couvent en lui permettant de longues visites au malade ; et il me voyait venir avec plaisir à son chevet, bien qu'il m'appelât tantôt son cher abbé Doucedame, tantôt son pauvre Lampernisse.

Vers le milieu de mars, par une journée presque printanière égayée par les premiers bavardages des sarcelles bleues, sa lucidité parut lui revenir quelque peu.

Il ne témoigna pourtant d'aucun effroi et n'évoqua aucun souvenir de la fatale maison qui l'avait tenu sous son emprise.

— Si je revois le Dr Mandrix, je lui demanderai ce

qu'il est advenu de ma sœur Nancy, dont j'ai vu pleurer les yeux, dit-il.

Je lui dis avec conviction qu'il ne s'était agi que d'un vilain rêve, mais il secoua tristement la tête.

— Mandrix ou Eisengott... je ne le crois pas méchant.

Il posa sa main amaigrie sur la mienne.

— Je l'attends... Il se peut qu'il vienne demain, dit-il.

Puis il réclama des images, car il se plaisait beaucoup à regarder les vieux tomes de notre bibliothèque, que des religieux de talent avaient enrichis de splendides enluminures.

Dans la soirée, le temps changea brusquement et le vent, se levant en tempête, chassa devant lui des nuages lourds de pluie et de grêle.

Deux frères lais revenus du village me signalèrent d'importantes crues de la rivière proche et des ruisseaux voisins et je décidai d'organiser des postes de veille dans la crainte d'éventuelles inondations.

Moi-même, je me refusai le repos nocturne et je me réfugiai dans la bibliothèque dont les fenêtres donnaient sur les étangs, et par où je pourrais surveiller la crue si, d'aventure, elle se produisait.

C'était une salle toute en longueur, tapissée de livres, très agréable pendant les heures claires de la journée, mais pourvue d'un éclairage artificiel peu considérable, ce qui, dès la nuit tombée, la rendait particulièrement obscure.

Au début de ma veille, j'eus fort à faire pour lutter contre le sommeil; la douceur de la prière murmurée m'alourdissait les paupières et j'eus recours à un de mes livres pieux préférés pour me tenir en éveil. C'était un *Palmier Céleste ou entretiens de l'âme avec N.-S. Jésus-*

Christ, de belle édition, dont j'aimais, par-dessus tout, la magnifique oraison universelle.

Je murmurais avec joie : « Mon Dieu, rendez-moi prudent dans les entreprises, courageux dans les dangers, patient dans les travers, humble dans les succès. Que je n'oublie jamais de joindre l'attention à mes prières, l'exactitude à mes emplois, et la confiance à mes résolutions. Seigneur, inspirez-moi... »

Par trois fois, je répétai : « Seigneur, inspirez-moi », car l'invocation me paraissait plus que jamais appropriée à l'heure, quand il me sembla que ma voix trouvait un écho.

Quelqu'un avait répété : « Inspirez-moi », mais avait substitué un nom étranger à celui du Très Haut que j'appelais.

La voix, dans la nuit, suppliait : « Moïra, inspirez-moi ! »

Je me retournai, effrayé et indigné à la fois ; il m'a fallu parfois, à ma réelle affliction, combattre, chez des hommes de grande piété, des penchants hérésiarques.

Je croyais à la présence de quelque moine studieux, qui se fût glissé derrière moi dans la bibliothèque, dans une semblable intention de chasser le sommeil pour veiller au péril menaçant.

— Qui est là, demandai-je, car je ne pouvais voir à travers l'ombre épaisse, à peine étoilée par la petite lampe d'étude, et que dites-vous ?

La voix reprit, sur un mode infiniment triste qui me pinça le cœur :

— Moïra, inspirez-moi !

— Que signifie ?... m'écriai-je, nettement alarmé cette fois-ci.

J'avais reculé ma chaise et ma lampe envoya des rais de clarté sur les rayons proches des antiphonaires.

Une haute silhouette était debout, immobile, le dos aux livres.

Le rayon de clarté s'attacha à deux mains jointes, grandes et belles, puis à une longue barbe d'argent. Enfin un visage noble et triste sortit de l'ombre.

— Qui êtes-vous ? Vous n'êtes pas d'ici... Comment êtes-vous arrivé et pourquoi ? demandai-je d'une haleine.

— Je suis attendu, dit-il, et si vous voulez me donner un nom, appelez-moi Eisengott.

— Mon Dieu ! balbutiai-je.

Et je fis le geste de la croix. Je le vis frémir.

— Faites, murmura-t-il, votre geste ne peut rien contre moi, je n'appartiens pas à ceux qui veulent du mal aux hommes.

— S'il en est ainsi, dis-je en reprenant courage et en me sentant tout à coup rassuré à son endroit, priez avec moi.

Son tremblement s'accentua, il s'approcha doucement de moi et je pus mieux le voir.

Je ne pourrai jamais expliquer pourquoi, à ce moment, je sentis une tristesse immense envahir tout mon être.

— Malheureux, m'écriai-je, la divine consolation de la prière vous serait-elle refusée ? Alors dites-moi qui vous êtes et si je puis vous être de quelque secours.

Il tourna vers moi des yeux brillants comme des étoiles.

— Que Celui que vous invoquez vous épargne cette connaissance, s'écria-t-il avec passion, sinon vous ne connaîtrez plus la paix sur cette terre !

Une violente rafale se rua à cet instant contre les murs du couvent, j'entendis le grincement affolé des girouettes, les rudes gifles des volets enlevés à leurs crochets et un rugissement torrentiel de pluie battante. Presque en même temps, un énorme éclair en nappe illumina l'espace et je vis, par les fenêtres, la vastité tourmentée des eaux en proie à l'assaut furibond des éléments.

L'inconnu leva ses immenses bras au ciel, dans un geste terrible d'invocation.

— Voilà la tempête... cria-t-il, et sur ses ailes monstrueuses volent les forces de la plus grande épouvante. Elles viennent, à l'instant elles seront sur nous ! Serviteur du Nazaréen et de sa croix victorieuse, appelez votre maître à votre secours !

Une de ses grandes et belles mains blanches s'abattit sur mon épaule et elle me parut lourde comme du fer.

Soudain, plus aveuglante que les éclairs labourant le ciel, une révélation m'éblouit.

— Eisengott ! Eisengott est Zeus ! Le dieu des dieux !

Je m'attendais à un recul furieux de sa part, peut-être à un brusque et terrible retour de son ancienne omnipotence.

Mais ses yeux s'emplirent d'une détresse infinie qui me brisa le cœur et m'arracha des larmes.

— Venez, dit-il avec une douce fermeté, il nous faut assister Jean-Jacques Grandsire.

C'était un ordre bien plus qu'une prière et je sentis, malgré mon trouble et ma répulsion, que je n'aurais pu m'y soustraire.

Je le suivis sans mot dire dans les couloirs où les moines veilleurs couraient de-ci de-là, murmurant des prières protectrices ou poussant des gémissements de frayeur.

Le couvent tremblait sur ses bases, des torrents de feu céleste accompagnés d'un formidable rugissement de tonnerre joignaient la nue à la terre ; une des fenêtres fut arrachée et une vague d'eau noire s'engouffra par l'ouverture béante.

Deux fois, je fus renversé par la violence du vent avant d'avoir pu atteindre la chambre du jeune malade.

Nous le trouvâmes dressé sur son séant, les yeux remplis d'horreur, tournés vers le ciel en furie.

Eisengott se jeta sur lui en criant :

— Ne regardez pas ! Baissez les yeux !

Mais le jeune homme ne paraissait pas l'entendre.

Je vis Eisengott tirer à lui une des couvertures du lit et en couvrir le visage du malade.

— Faites qu'il ne regarde pas... faites qu'il ne voie pas ! supplia le vieillard.

Une galopade se produisit dans les corridors et j'entendis la voix affolée du frère Morin :

— Les diables ! Les diables !

La main de fer d'Eisengott pesait sur mon bras.

— Quand je vous dirai de ne plus regarder, vous détournerez les yeux, sous peine de perdre la vie à l'instant, ordonna-t-il. Pour l'heure regardez donc et peut-être qu'il vous sera donné de comprendre.

Une autorité puissante émanait de ses paroles et, abandonnant toute velleité de résistance, je suivis des yeux son long bras qui montrait le ciel.

Les éclairs y palpitaient sans répit, entretenant dans les hauteurs un jour de fournaise ardente.

— Voyez ! ordonna Eisengott.

Je vis.

Trois figures d'épouvante, trois horreurs sans nom, jaillies du tréfonds des enfers, y évoluaient sur des ailes larges comme des voilures de barques. Par deux fois leurs visages furent visibles et par deux fois je hurlai de toutes mes forces, tant grande était ma terreur.

C'étaient des masques livides et grimaçants, tordus par une fureur démoniaque et couronnés par une chevelure de serpents animés d'une rage folle.

Eisengott partit d'un éclat de rire strident :

— Les reconnaissez-vous, Père Euchère ? Les Euménides ! Voilà une des abominations vivantes qu'Anselme Grandsire a rapportées au grand Cassave ! Les Euménides ! Tisiphone... Mégère... Alecto [1] ! Les dames Cormélon, si vous préférez ! Elles réclament Jean-Jacques...

Aux griffes des monstres ailés venaient d'apparaître d'énormes torches brûlantes. Leur vol s'approchait dangereusement de nos murs et j'entendais les sifflements rageurs des serpents.

Tout à coup Eisengott se jeta en arrière.

— La lutte ! l'entendis-je murmurer.

Du fond du ciel, une autre forme s'avançait avec une lenteur qui me parut plus effroyable que la vélocité incroyable des trois infernales.

Une apparition de flammes laiteuses, d'où surgit un visage. Mais quel visage !... Jamais beauté plus terrible n'avait jailli du mystère de la création.

Elle planait, d'un vol immense et silencieux, sur la fureur des filles du Tartare.

Celles-ci hésitèrent, puis, d'un commun accord, prirent leur essor vers elle. Le visage de feu blanc se pencha.

— Ne regardez plus ! tonna Eisengott.

Et, de sa grande main blanche, il frappa durement mes yeux.

---

[1] Pour la première fois on donne ici son véritable nom à l'Euménide : Alecto. Mais dans le mémoire de J.-J. Grandsire n'apparaît que le nom d'Alecta, plus doux et plus féminin. (*Note de l'auteur*).

J'entendis un triple rugissement de démence et de douleur, suivi du tonnerre d'un effondrement inouï.

— C'est fini ! entendis-je murmurer.

J'ouvris les yeux : le ciel était vide et seule, vers le nord, fuyait une énorme étoile filante.

Soudain, une voix lointaine sanglota :

— Euryale !

Eisengott poussa un cri de désespoir.

— Malédiction... il a regardé !

Je me tournai vers le lit du malade.

Il était vide, mais Jean-Jacques Grandsire se tenait debout au milieu de la chambre, le visage froid comme du marbre tourné vers le firmament apaisé.

J'étendis mes mains vers lui mais les retirai aussitôt avec horreur.

Je venais de toucher une statue de pierre, sans vie, sans âme !

Les paroles d'Eisengott tombèrent dans le silence comme des gouttes glacées :

— Ainsi meurent ceux qui ont levé leurs yeux sur la Gorgone !

Tout tourna autour de moi, je courus comme un dément à travers les couloirs, m'arrachant à des bras qui essayaient de me retenir, et criant sans cesse :

— La Gorgone ! La Gorgone ! Ne la regardez pas !

Chapitre douzième

EISENGOTT PARLE

Jéhovah, plein de miséricorde, dit à Jupiter :

— Je ne vous envoie pas la mort, mais le repos.

— Il vous serait facile de me détruire !

— Je n'en ferai rien, n'êtes-vous pas mon frère aîné ?

HAWTHORNE

Les dieux étaient soumis à la loi du Destin, ils ne pouvaient rien contre lui...

(La Mythologie)

Moi, que le lecteur de la ténébreuse histoire de Malpertuis n'appellera jamais que « le cambrioleur des Pères Blancs » — et j'accepte ce nom injurieux par esprit de pénitence, — j'arrive au bout de ma tâche.

Une mince lumière — trop mince hélas ! — aura promené son pinceau blafard et hésitant sur les sombres murs de Malpertuis et sur les destins plus sombres encore de ses hôtes.

Il reste devant moi un lot énorme de feuilles jaunies dont je n'ai pas fait usage. C'est la suite du manuscrit dû à Dom Misseron.

Peu de choses contenues dans ces pages méritent d'être publiées, elles n'ont d'ailleurs, pour la plupart, qu'un lointain rapport avec Jean-Jacques Grandsire et Malpertuis.

Il suffira au lecteur de savoir que le saint abbé tomba grièvement malade après la scène rapportée au précédent chapitre, que sa raison à lui aussi vacilla et que, pendant plus d'un mois, il demeura plongé dans une sorte de coma semé de rêves effrayants. Après quoi, grâce aux soins dévoués des conventuels, la conscience sembla lui revenir, et il reprit la rédaction du mémoire que j'ai sous les yeux et qui devenait sans doute pour lui une sorte de marotte, car les matériaux les plus dissemblables s'y trouvent réunis en un désordre inquiétant.

Il est à peu près sans intérêt de reproduire une incohérente étude sur les « frères, dits Barbusquins », qui sent la fatigue cérébrale, pour ne pas employer un terme plus sévère.

Dom Misseron les appelle *fantômes terrifiants et*

vengeurs au service de N.-S. Jésus, pour combattre les esprits infernaux tenus captifs sur la terre par l'horrible docteur en magie que fut Quentin Moretus Cassave, en sa demeure maudite de Malpertuis.

Cette étude est d'autant plus sujette à caution, qu'elle est entrecoupée de récits hagiographiques absolument imaginaires sur saint Anschaire et l'illustre fondateur des Chartreux, saint Bruno, d'absurdes pages d'histoire naturelle où il est question de migrations d'oiseaux absolument inexistants ou de fleurs mystérieuses suscitées par les clairs de lune et capables d'attirer les vampires et les loups-garous.

Pourtant, il importe de repêcher, hors de ce fatras, ces lignes troublantes :

Eisengott m'a dit :

— Je ne fus jamais le captif de Cassave ni de ses sycophantes. J'ai volontairement suivi l'affreux exil de mes lamentables amis.

— Ainsi, lui ai-je demandé en tremblant, il vous reste donc, ô créature redoutable, quelque puissance ?

— Peut-être... Celle que me prête encore, par pitié, l'immense Dieu que vous servez, Dom Misseron !

— Mais pourquoi, puisqu'elle vous est partiellement restée, n'avez-vous pas sauvé Jean-Jacques ?...

— Parce que, au-dessus des désirs et des aspirations des hommes, au-dessus des volontés des dieux et de la mienne même, il y a la loi inflexible du Destin ! Ce qui est écrit sur la roue doit s'accomplir...

— Vous n'auriez pas pu...

— Rien !... J'ai fait tout ce que j'ai pu pour Jean-Jacques... Dans la tragique destinée, il était écrit qu'il serait aimé par deux déesses captives des formules de Cassave : Euryale, la dernière Gorgone, et Alecto, la troisième Euménide !... De ce double amour naquit un effroyable drame de la jalousie comme l'Olympe en a connu quelques-uns aux temps héroïques... Lorsqu'une première fois, pendant la nuit de Noël, Euryale projeta son regard terrible sur Jean-Jacques, voulant le pétrifier pour le garder à elle seule, à jamais, ses yeux pleuraient... Les larmes adoucirent le feu de ses yeux et le charme n'opéra qu'à demi... C'est grâce à cela que je pus guérir Jean-Jacques... Vous avez assisté à la fin de ce drame, vous avez vu la lutte des Euménides et de la Gorgone !...

— ... dont le pauvre Jean-Jacques fut la victime...

— Il avait désobéi !... Euryale n'est venue, cette nuit-là, que pour le protéger contre les Euménides qui voulaient le reprendre... C'est lui, lui seul, qui est responsable : il a osé lever les yeux sur la Gorgone !... Euryale, d'ailleurs, l'aimait farouchement et le protégea... Souvenez-vous du sort qu'elle fit subir à Philarète, le jour où ce suppôt de Cassave voulut porter la main sur lui... Sans elle, les Euménides, depuis longtemps, l'auraient puni de son crime...

— De son crime ?

— Ne s'était-il pas fait aimer par une déesse, lui qui n'était pas tout à fait des nôtres ?... Rappelez-vous le sort de l'oncle Dideloo qui avait cru pouvoir contraindre à l'amour une fille du Tartare... Les dieux s'inclinent parfois devant les offenses des humains armés de pouvoirs volés, mais l'heure du châtiment vient toujours... Cette puissance-là, votre Dieu immense nous l'a laissée... Dideloo !... Philarète !... La femme Sylvie qui imposait à la dernière Gorgone son despotisme maternel !... Sambucque !... Tous !... Même Jean-Jacques... Lui cependant n'était pas seulement un homme : un reflet de l'Olympe auréolait son front !...

... Il est impossible de savoir où et dans quelles circonstances cet étrange entretien a eu lieu entre Eisengott et le religieux. Plus loin ce dernier écrit :

Malgré la vive opposition des conventuels, j'ai fait ensevelir le corps pétrifié du malheureux Jean-Jacques en terre bénite, mais tout de même à l'écart du lieu de sépulture de nos saints moines. Il y pousse de petites fleurs étranges qui tombent en poussière dès qu'on les touche du doigt et des plantes d'une odeur tellement repoussante qu'on ne les approche qu'au prix de nausées ; je les crois apparentées aux anagyres, herbes maudites et malfaisantes.

À plusieurs reprises, j'ai vu une jeune fille de grande beauté, assise immobile auprès de ce tombeau.

J'ai voulu lui adresser la parole, mais chaque fois que je me dirigeai vers elle, je la vis disparaître comme une fumée. J'ai pourtant pu voir qu'elle portait un bandeau noir sur les yeux et que sa chevelure, rouge comme du cuivre brûlant, était bien étrange.

Une autre fois, je vis sortir de la haie de fusains dont les moines ont entouré la tombe un jeune homme de douloureuse mine, dont le front saignait. Je lui adressai la parole et lui demandai si je ne pouvais lui donner des soins.

Il se réfugia d'un bond dans le massif des fusains et j'entendis une voix très douce, mais infiniment triste, chanter de profondes paroles bibliques sur un mode païen et détestable.

— *Je suis la rose de Saaron!*

Les bons frères disent que de gros et dangereux poissons vivent à présent dans le marécage et dévorent les carpes, brochets et anguilles qui faisaient depuis tant d'années les délices de notre table.

Morin prétend que les destructeurs sont des serpents et il prétend les avoir vus. Mais on ne peut attacher grande foi à ce que raconte cet excellent homme, de grand cœur mais de faible jugement.

Plus loin, au beau milieu d'une ennuyeuse dissertation sur les fameux Barbusquins, Dom Misseron a écrit :

C'était un homme grand et robuste dont les cheveux et la barbe grisonnaient à peine. Il était devant moi, sans que je l'aie vu venir, et j'en conçus quelque frayeur. J'entends toujours sa voix déchirante, quand il me dit... Eh ! j'ai beau mettre ma mémoire à la torture, je ne puis me souvenir du récit qu'il me fit, mais je puis affirmer, sur mon salut éternel, qu'il fut terrible comme la confession d'un maudit. Je me souviens cependant de ces quelques mots :

— Mon père, Anselme Grandsire, sauva une déesse des maléfices de l'ignoble Doucedame [1]. Je suis né de leurs brèves amours dans l'île des dieux morts et, depuis, je n'ai vécu que pour l'œuvre de vengeance et

[1] Il s'agit évidemment ici de Doucedame-le-Vieil. (*Note de l'auteur.*)

d'évasion des dieux volés et maintenus dans une captivité sordide.

» Comprenez-vous, serviteur du Dieu triomphant de la Croix, que mes enfants Jean-Jacques et Nancy étaient dieux eux aussi ?

» Comme tels ils ont subi l'étrange atteinte de la loi de Cassave. Mais pour l'implacable rosicrucien, ils étaient un objet d'obscur orgueil... En effet, un peu de son sang coulait aussi dans leurs veines. À cet endroit, Cassave était particulièrement attentif et sensible. Il pressentait l'amour d'Euryale et l'union de cette épouvantable déité avec mon fils, son petit-neveu, prenait à ses yeux des dimensions d'apothéose. Peut-être prévoyait-il des choses énormes dans l'avenir, mais Moïra, qui fait la loi aux dieux eux-mêmes, détient seule les secrets du lendemain. Mes enfants étaient dieux et, comme tels, ils furent aimés par des dieux ! Ils étaient hommes aussi cependant, peut-être est-ce pour cela que vint le châtiment : Nancy, dont les yeux pleurent dans une urne, avait aimé un dieu de lumière... Jean-Jacques avait ravi l'amour de deux déesses terribles...

Oh ! comme à ce moment de grands trous se creusèrent dans mon esprit !

Je vis des gouffres où volaient d'immenses oiseaux, puis une figure géante qui envahissait l'espace, et l'homme gémissait avec terreur :

— Moïra ! Celle devant qui le dieu des dieux lui-même doit baisser la tête... Le Destin ! Le Destin !

Je ne me souviens plus de ce qui suivit, si toutefois il y eut une suite à ces paroles déchirantes ou à ces événements. J'en rends grâce au Ciel, car elles durent être impies et mortelles aux âmes vivant en N.-S. Jésus-Christ.

Je n'ajouterai qu'une chose : j'ai cherché à en savoir plus sur Dom Misseron, sur cet innocent Père Euchère auquel avait été donné le redoutable privilège d'assister au dernier acte du dernier drame de l'Olympe. J'ai osé retourner chez les bons Pères Blancs, sous un pieux prétexte, pour me renseigner à son sujet.

Ma moisson fut maigre. Tout ce que je pus apprendre, c'est que, vers la fin de son existence terrestre, le Père Euchère sombra dans la démence et qu'on l'éloigna de son cher monastère.

Il construisait avec du papier et du bois léger d'étranges petites maisons qu'il appelait Malpertuis et qu'il livrait, par la suite, aux flammes purifiantes d'un autodafé, se proclamant l'instrument de Moïra et des dieux...

~

Ma tâche est achevée.

Le dernier feuillet a été lu et mis à la place que je jugeais la plus propre à éclairer cette singulière et sombre histoire.

Je suis resté longtemps songeur en pensant qu'un amour effrayant se trouve à la base de ce drame mystérieux : une Euménide et une Gorgone se disputant le cœur d'un pauvre garçon de vingt ans qui, sans doute, ne se savait pas fils de dieux.

Quelle fut la destinée de ceux qui survécurent ? Ont-ils vieilli comme des humains et subi l'inexorable loi de la tombe, ont-ils participé à l'immortalité ou plutôt à la longévité des dieux ?

J'ai écrit que ma tâche est achevée. Elle ne l'est pas !

Je sens qu'une mystérieuse et impérieuse volonté me pousse : il faut que je recherche et que je retrouve la Cité et la maison...

~

Je partirai bientôt.

Avant de partir pour cette expédition qui me fait plus trembler que toutes les autres de mon aventureuse existence, j'ai relu une dernière fois les pages de cette histoire maléfique et j'ai apporté d'ultimes retouches à leur coordination. Il faut, en effet, que tout soit bien en ordre pour le cas où...

Les ans ont jauni les pages du mémoire et le temps a dû ternir les pierres de la cité.

Mais les dieux n'ont-ils pas survécu ?

Épilogue

LE DIEU TREMBLE

De ces dieux qui sont sourds, bien qu'ayant des oreilles....
LA FONTAINE

Vous me direz le dernier secret d'Huckebrecht, tirez-moi, tirez-moi des miasmes de cette misérable géhenne !
Herman ESSWEIN
(Der Gespensterfritz)

J'ai retrouvé la cité !

J'y arrivai un soir, par des moyens de locomotion fort modernes.

Il était tard et les maisons dormaient sous la lune.

Pourtant, l'atmosphère ne me semblait pas avoir beaucoup changé ; il bruinait, les lumières étaient blafardes, les passants rares, quelques bâtisses nouvelles détonaient avec l'ensemble archaïque, obstinément fidèle au passé.

Les dernières portes se fermaient et les volets étaient clos sur de puissants sommeils de province.

Je trouvai pourtant un cabaret aux fenêtres roses, à l'huis entrebâillé, d'où s'échappait l'odeur d'un rôti confortable.

J'entendis des rires, des bribes de chansons et le bruit attrayant de la vaisselle remuée.

J'entrai, confiant dans la bonne humeur qui me paraissait régner de l'autre côté de la porte.

J'y trouvai une joyeuse compagnie qui banquetait à bouches pleines et qui fit bon accueil à l'étranger.

On fit revenir en mon honneur quelques plats de la cuisine et je dus savourer des vins de grand âge et de glorieux crus.

Dans un coin de la salle, à une petite table de service, la servante déposait, de temps à autre, un restant de terrine et un fond de bouteille devant deux vieux qui engloutissaient tout ce qu'on leur passait.

Mes compagnons d'un soir étaient parvenus à un état d'ivresse proche de l'hébétude et la conversation tombait lentement comme une glissade de fil à plomb ; je tournai le regard vers le couple gourmand.

L'homme avait dû être jadis un véritable géant, mais ses épaules se voûtaient au point de le rendre hideusement bossu ; quant à la femme, elle était d'une laideur telle que sa vue offusquait le regard.

Elle venait de déployer sur la table un mouchoir d'une saleté indescriptible et y déposait des rogatons.

— Pas faire... grommela le vieux.

Sa compagne branla la tête avec colère.

— C'est pour Lupka... tu ne penses pas à elle... Ah oui ! à quoi pourrais-tu donc penser, vieux scélérat !

— Tais-toi, menaça l'autre.

— Tout doux, mon bel ami, ricana la mégère, fini de te croire quelqu'un !

Je fis signe à la servante et demandai à quel curieux couple elle faisait la charité.

La brave fille haussa des épaules miséricordieuses.

— C'est un vieil horloger ambulant qui va de foire en foire ; il est encore assez habile et il vient de réparer nos montres et nos pendules ; alors on leur donne, pour quelques jours, le gîte et le couvert.

La vieille continuait :

— Eh, eh... tu penses sans doute à la belle mijaurée aux yeux noirs ? Aha ! je les lui ai arrachés de la tête et les ai mis dans un vase de six sous.

— Tais-toi ! répéta le triste vieillard.

— Ah ! hurla soudain la Carabosse, dans le temps où... aha... elle serait devenue une vache ! Io ! tu te souviens... comme Io !

Une claque sonna, sèche et dure, et des cris de rage et de douleur s'élevèrent.

Pour le coup, la servante se fâcha.

— Non mais... si les mendiants se mettent à se quereller et à se battre ! À la porte et qu'on ne vous revoie plus !

Le vieux se leva sans protester, entraînant sa compagne trépidante.

Dans la rue, j'entendis qu'elle élevait une dernière protestation :

— Et dire qu'il me restait du haricot de mouton à finir !

~

Trois jours plus tard, je découvris Malpertuis.

Je fus aidé dans ma recherche par l'allusion qu'avait faite Jean-Jacques Grandsire aux vieilles gravure rébarbatives.

Malpertuis se dressait, noir et hostile, dans toute la hargne de ses portes et fenêtres closes.

La serrure n'était pas compliquée et ne se fit guère prier.

Je trouvai le grand vestibule, le salon jaune et quelques pièces encore, tels qu'ils furent décrits.

Le dieu Terme était à sa place ; je l'examinai sans penser à mal.

Palsambleu... ! même les dieux morts s'y entendent pour induire les pauvres mortels en tentation.

C'était une pièce rare — et je crois m'y connaître — et d'une venue digne de la mutilée de Milo !

Je portais un havelock très ample qui me rendit de bons services au temps de ma laborieuse existence, et il me vint à point pour emmitoufler très convenablement la divinité solitaire, symbole de l'honnêteté rurale du grand passé.

L'aubaine mettait un terme à ma curiosité ; je décidai de me montrer bon prince envers Malpertuis et de la rendre, au prix de ma trouvaille magnifique, à son mystère, quand un bruit de pas furtifs éveilla mon attention.

Dans ma carrière, j'ai fait une étude approfondie des pas s'élevant dans le silence des maisons endormies, tout comme les détectives se font la cervelle sur la cendre de pipe et de cigare.

On distingue très bien les pas d'une personne aux aguets et avertie, de la démarche d'une autre qui s'avance sans méfiance.

Pourtant, il me fut difficile de classer les pas qui glissaient vers moi, dans le feutre gris de la pénombre.

Mon métier... eh oui ! je suis obligé d'y faire appel, mon métier donc a nécessairement fait de moi une sorte de nyctalope.

Il n'existe pas, pour moi, de nuit complète ; à plus forte raison l'obscurité de Malpertuis ne me privait pas de mes moyens de défense ou de fuite.

Je me fis ombre parmi les ombres pour gagner la porte de sortie.

Les pas descendaient l'escalier, avec la nonchalance qu'on prête aux démarches majestueuses.

Tout à coup, je m'arrêtai, interdit.

Le bruit s'élevait à ma gauche et pourtant, je voyais l'escalier à ma droite.

Mais j'en compris aussitôt la cause: l'escalier, dont je voyais la puissante et massive rampe, se reflétait dans un immense miroir, incrusté dans la muraille de droite.

Et c'est dans ce miroir que l'épouvante m'apparut.

Sur la rampe glissait une griffe de fer brillant, une autre la rejoignit, puis deux énormes ailes d'argent se déployèrent.

Je vis une créature d'une immense beauté, mais terrible comme Dieu, se pencher et rester immobile dans l'ombre.

Soudain les yeux s'allumèrent, verts comme les flammes d'un monstrueux phosphore.

Une souffrance inouïe se vrilla dans mon être, mes membres devenaient de glace... de plomb.

Pourtant, s'il m'était possible de me mouvoir encore, de me glisser le long de la muraille, j'étais hors d'état de détourner mes yeux de ces horribles lunes, luisantes dans le miroir.

Et lentement, le charme mortel diminua de puissance, les yeux perdaient leur férocité viridine et je vis qu'ils pleuraient de grosses larmes de clair de lune.

Je gagnai la porte et m'évadai du sépulcre.

La vente du buste du dieu Terme m'a rapporté une fortune... oui, une fortune.

Le quart m'a suffi pour racheter les parchemins, incunables et antiphonaires dérobés aux bons Pères Blancs.

Demain je leur renverrai leur bien en leur demandant des prières... et non pour moi seul.

Mais j'ai gardé le mémoire.

Ils me doivent bien cela.

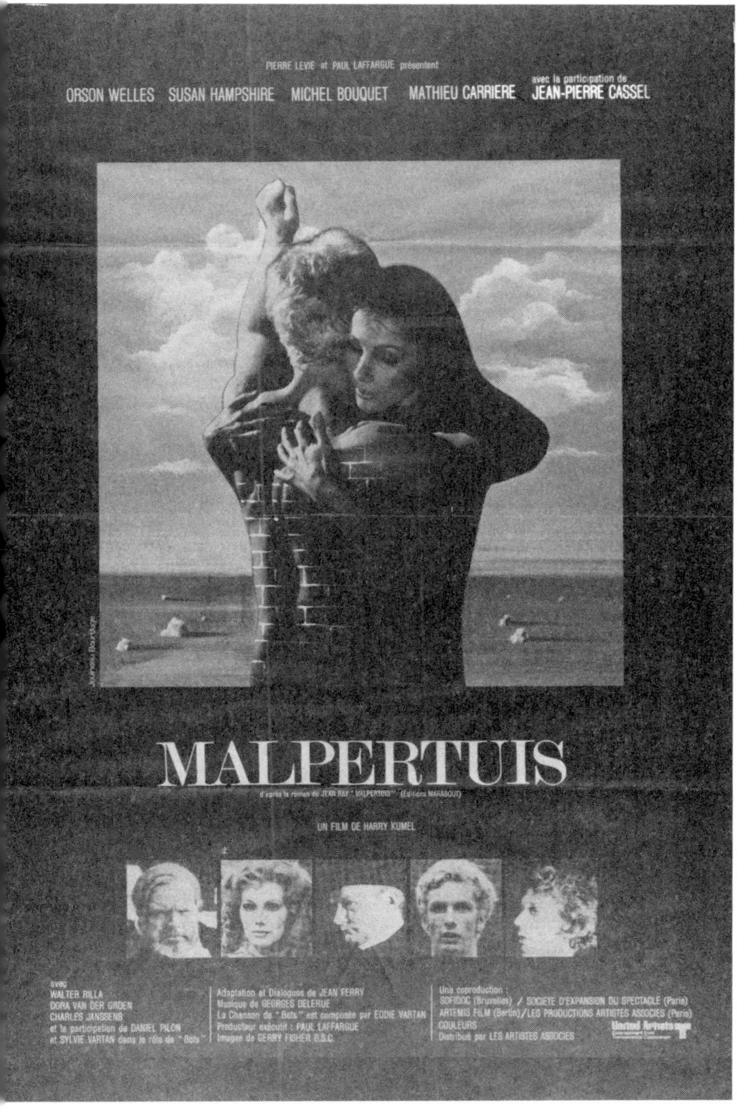
PIERRE LEVIE et PAUL LAFFARGUE présentent
ORSON WELLES
SUSAN HAMPSHIRE
MICHEL BOUQUET
MATHIEU CARRIERE
avec la participation de
JEAN-PIERRE CASSEL
MALPERTUIS
d'après le roman de JEAN RAY "MALPERTUIS" (Editions MARABOUT)
UN FILM DE HARRY KUMEL
avec
WALTER RILLA
DORA VAN DER GROEN
CHARLES JANSSENS
et la participation de DANIEL PILON
et SYLVIE VARTAN dans le rôle de "Bets"
Adaptation et Dialogues de JEAN FERRY
Musique de GEORGES DELERUE
La Chanson de "Bets" est composée par EDDIE VARTAN
Producteur exécutif : PAUL LAFFARGUE
Images de GERRY FISHER B.S.C.
Une coproduction :
SOFIDOC (Bruxelles) / SOCIETE D'EXPANSION DU SPECTACLE (Paris)
ARTEMIS FILM (Berlin)/LES PRODUCTIONS ARTISTES ASSOCIES (Paris)
COULEURS
Distribué par LES ARTISTES ASSOCIES

« Il chantait d'une voix épouvantable, cloué la tête au mur » (p. 84)
(Photo extraite du film de Harry Kumel)

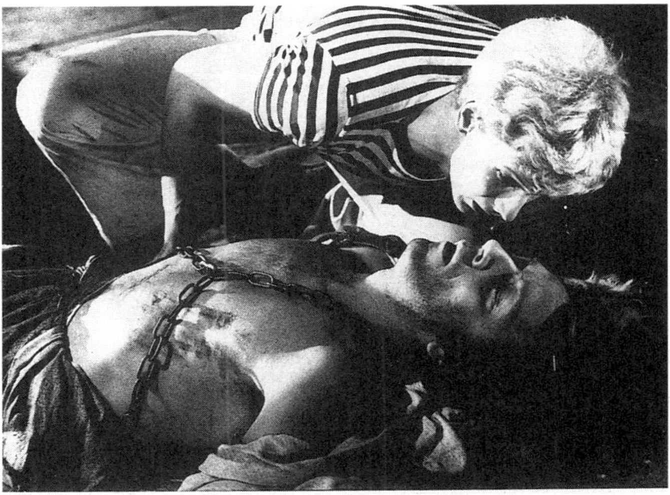

« Mon pauvre ami gisait sur le plancher noir et glissant de sang,
dans une affreuse nudité,
une atroce blessure béant à son flanc maigre.
Ses bras retombèrent avec un bruit de fer.
Je vis alors que d'énormes chaînes le tenaient rivé au sol » (p. 166)
(Mathieu Carrière et Jean-Pierre Cassel,
dans le film de Harry Kumel)

L'auteur et la vieille Underwood
sur laquelle il a composé toute son œuvre.
(Photo Georges Thiry)

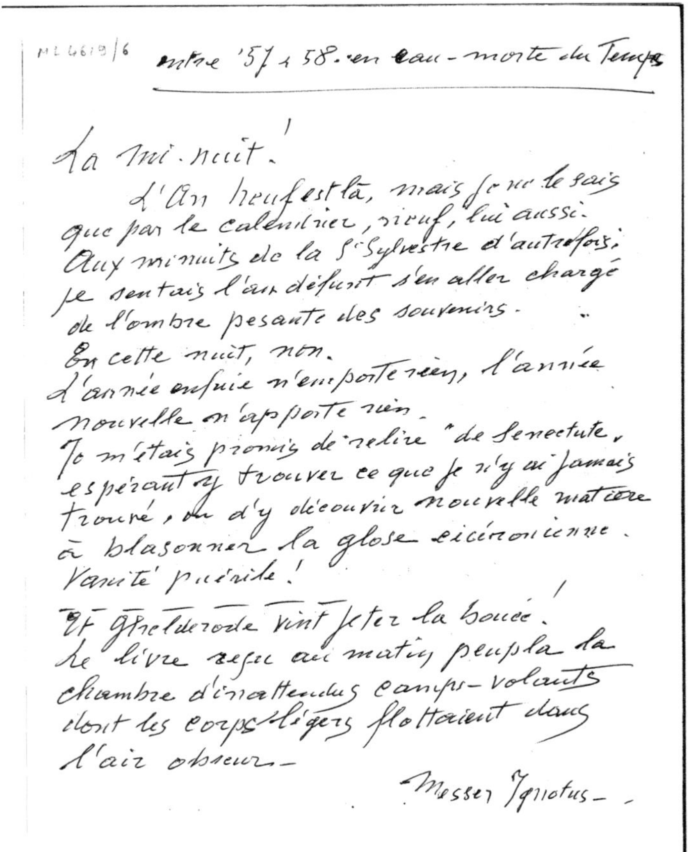
ML 4619/6

entre '57 & 58. en eau-morte du Temps

La mi-nuit!

L'An neuf est là, mais je ne le sais
que par le calendrier, neuf, lui aussi.
Aux minuits de la St-Sylvestre d'autrefois,
je sentais l'an défunt s'en aller chargé
de l'ombre pesante des souvenirs.
En cette nuit, non.
L'année enfuie n'emporte rien, l'année
nouvelle n'apporte rien.
Je m'étais promis de relire "de Senectute",
espérant y trouver ce que je n'y ai jamais
trouvé, ou d'y découvrir nouvelle matière
à blasonner la glose cicéronienne.
Vanité puérile!
Et Ghelderode vint jeter la bouée!
Le livre reçu au matin peupla la
chambre d'inattendus camps-volants
dont les corps légers flottaient dans
l'air obscur.

Messer Ignotus

Une écriture fiévreuse
(Archives et Musée de la littérature - Bruxelles : ML 4619/6)

De l'édition originale

… à une édition promotionnelle pour un distributeur de carburant.

« Ce masque de sorcier,
dont le profil fait penser au fer d'une hache,
ne donne pas l'impression d'être taillé dans de la chair,
mais dans une matière grise, tirée des cratères même de la lune. »
(Henri Vernes)
(Photo Georges Thiry)

LECTURE

de Joseph Duhamel

Promotion des lettres belges de langue française

Raymond De Kremer naît à Gand en 1887. Après avoir échoué à l'Ecole Normale de l'Etat, il devient employé à l'administration communale. Il en démissionne en 1919 pour se consacrer au journalisme et à la littérature. Il collabore à diverses revues et publie en 1925 son premier recueil, *Les Contes du whisky*, sous le pseudonyme de Jean Ray. L'année suivante cependant, il est incarcéré et condamné pour escroquerie, ce qui l'écarte des milieux artistiques; le nom de Jean Ray disparaît. Vivant de sa plume, Raymond De Kremer écrit un nombre considérable de contes et de nouvelles, multipliant les pseudonymes, utilisant plusieurs fois les mêmes textes: une existence de polygraphe contraint d'écrire toujours plus vite. Cette époque voit la parution de la série des *Harry Dickson*. Il devient collaborateur de l'abbaye d'Averbode, maison d'édition catholique de magazines pour enfants, et publie, outre de nombreux contes, *La Croisière des ombres* (1931), mais il reste méconnu du grand public. Sa situation change durant la guerre. Les frontières avec la France sont fermées et l'attention se reporte sur les auteurs vivant en Belgique. Le goût des lecteurs s'oriente vers une littérature qui fasse oublier les duretés de la vie sous l'Occupation. Le fantastique répond à cette demande ; il remplit en outre une fonction cathartique, permettant de vivre la peur autrement que dans la réalité. Jean Ray a trouvé son public et chacun de ses livres est un succès : *Le Grand Nocturne* en 1942, *Les Cercles de l'épouvante*, *Malpertuis* et *La Cité de l'indicible peur* en 1943, *Les Derniers Contes de Canterbury* en 1944. Ce qu'il a accumulé durant les longues années où il écrivait dans les revues trouve enfin à se déployer.

La Libération rouvre cependant les frontières aux éditions étrangères, et l'intérêt pour cette littérature trop liée au souvenir de l'occupation décroît vite. *La Bataille d'Angleterre* (publiée sous le pseudonyme de John Flanders), *La Gerbe noire* et *Le Livre des fantômes* paraissent, en 1947, dans une relative indifférence. Jean Ray a rapidement épuisé ses potentialités de renouvellement et ses derniers livres répètent, en les clichant parfois, ses textes antérieurs. Il entame une seconde traversée du désert dont il ne sort qu'au début des années soixante, lorsque les Éditions Marabout entreprennent de rééditer son œuvre et de rassembler autour de son nom ce que l'on a appelé « l'école belge de l'étrange ». Jean Ray meurt en 1964, alors qu'il est considéré par le public et les jeunes auteurs comme le porte-parole de la littérature fantastique en Belgique et un des plus grands écrivains du genre dans le domaine francophone. Depuis, rééditions et études se sont succédé. Le fantastique classique qu'il illustrait a cependant pratiquement disparu avec lui. [1]

Malpertuis appartient donc à la période la plus féconde de Jean Ray et peut, à juste titre, être considéré comme un de ses textes majeurs. Sa thématique, son imaginaire et sa problématique littéraire s'y trouvent condensés, mais surtout insérés

---

[1] Pour une introduction à Jean Ray, voir l'excellent ouvrage de Jacques CARION, *Jean Ray*, Editions Labor, collection Un livre Une œuvre, Bruxelles, 1986, auquel nous reprenons ces éléments historiques, ainsi que la postface du même Jacques CARION à Jean RAY, *Le Grand Nocturne, Les Cercles de l'épouvante*, Éditions Labor, collection Espace Nord, Bruxelles, 1984.

dans un texte romanesque qui, par bien des aspects, dépasse le code de la littérature fantastique.

UNE ŒUVRE FANTASTIQUE

L'argument du livre, qui s'inscrit dans l'idéologie du surnaturel de Jean Ray, est double : l'emprisonnement des dieux antiques et le vol des couleurs aux anges. En fonction de la loi qu'il énonce — les hommes fabriquent leurs dieux et ceux-ci meurent si l'on cesse de croire en eux —, Cassave capture les divinités survivantes de la Grèce ancienne, leur donne apparence humaine et les enferme dans Malpertuis. Le livre juxtapose ainsi deux cosmogonies, chrétienne et grecque, qui présentent chacune une image différente du rapport des humains à la divinité. Jean Ray ne retient d'elles que les éléments qui ont trait à la faute et à la culpabilité qu'elle entraîne. Puissance terrible de Zeus, monstres vengeurs que sont les Euménides [2], poids du Destin, autant de forces qui, pour la religion grecque, confinent l'humanité dans sa position précaire. L'insistance est mise, pour le catholicisme, sur la loi divine dans ce qu'elle a de plus prescriptif, sur l'inéluctable situation de pécheurs des hommes et sur l'expiation. Sans que l'auteur l'affirme explicitement, la transformation du polythéisme en monothéisme représente un passage de la déification et de l'extériorisation de la faute et de la culpabilité, à leur intériorisation. L'épouvante prend d'abord le visage des Érinyes avant de saisir la conscience de l'humain confronté à l'arbitraire du précepte divin. Jean Ray met ainsi en histoire, en image, un fondement de la littérature fantastique : l'expérience de la peur, manifestation de la culpabilité, hésitant entre ses expressions intérieures et ses projections extérieures.

Parallèlement à la capture des dieux, Cassave essaie de

[2] *Euménides* (les bienveillantes) est un nom donné en Altique, par antiphrase, aux *Érinyes*.

voler le langage des anges célestes ; ceux-ci « parlent » par les couleurs, et la boutique qui flanque Malpertuis représente une tentative de leur ravir leur mode d'expression. La maison maudite est donc traversée par une lutte incessante entre clarté et obscurité, concrétisation du combat entre l'innocence et la peur, la loi et son envers.

Jean Ray semble s'être plu à fondre dans ce roman les éléments de sa thématique personnelle ; il les pousse à l'extrême de leur possibilité de suggestion. Les catégories spatio-temporelles sont profondément perturbées. Moins que jamais, l'espace est une donnée stable. Malpertuis, la demeure labyrinthique, déforme ce qui l'entoure à tel point que la géographie de la petite ville s'en trouve modifiée. Les autres lieux (quai de la Balise, maison au bord de la mer, couvent des Pères blancs) sont pris dans son orbe et subissent ses manifestations maléfiques. Le temps est lui aussi bouleversé. Cassave vit anormalement longtemps, et les recherches qu'il mène ainsi que la loi qu'il formule sont l'expérimentation de la survie et de l'éternité. La mort même n'est plus une fin : le cœur du vieil alchimiste restera dans Malpertuis « pierre dans les pierres ». Le taxidermiste entretient l'illusion de la vie après la mort, mais pour ce faire n'hésite pas à tuer.

Fantastique, *Malpertuis* l'est aussi par les techniques romanesques mises en œuvre. Le fantastique reposant essentiellement sur le jeu avec l'explication des événements mystérieux ou terribles, le texte doit, pour être efficace, faire douter le lecteur, entretenir chez lui une hésitation quant au sens à donner aux faits, mais aussi lui fournir les moyens d'anticiper cette signification. Jean Ray avertit et égare le lecteur ensemble.

Il suggère à de nombreuses reprises la solution de l'énigme par des annonces discrètes [3]. Difficilement repérables à la dé-

---

[3] Raymond TROUSSON, "Jean Ray et le « discours fantastique » : *Malpertuis*", in *Études de Littérature française de Belgique* (offertes à Joseph Hanse pour son 75e anniversaire), Jacques Antoine, Bruxelles, 1978, pp. 209-215.

couverte du texte, elles prennent un sens évident à la relecture. Le nom de certains personnages — mais pas de tous — fait déjà référence à l'antiquité classique : Euryale, Alecta, Promettez-Prométhée. Celui d'Eisengott indique son statut divin. De nombreuses comparaisons ou expressions figurées qui accompagnent la présentation des personnages doivent, rétrospectivement, être prises au pied de la lettre et le décrivent en fait *littéralement*.

Dès sa première apparition, ce qui frappe chez Euryale, c'est « sa formidable chevelure rousse qui semble parcourue d'étincelles et ses yeux de jade » (p. 39). Une deuxième évocation insiste sur la dualité du personnage : « Elle portait une méchante robe de teinte indécise, trop étroite, qui serrait ses formes en les écrasant ; seule sa terrible chevelure s'allumait de reflets rutilants au moindre mouvement de sa tête et semblait vivre » (p. 67-68). De même, il est dit qu'elle a « un visage de pierre » (p. 89). Son pouvoir de pétrification est directement évoqué à la mort de Cassave (« Ouvre tes yeux, fille des dieux (...) Ouvre tes yeux et aide-moi à mourir... (...) Mon cœur dans Malpertuis... pierre dans les pierres... »), ainsi que dans les deux épisodes où les regards d'Euryale et de Jean-Jacques se croisent dans les miroirs, ou lors de la rencontre dans les couloirs après l'épouvante de la Noël : « Je sentis un froid énorme envahir tout mon être, mon corps se scella aux dalles, lentement mon cœur cessa de battre ».

La puissance et la majesté de Zeus sont suggérées lors de la présentation d'Eisengott. « Je regardai le nouveau venu avec terreur et respect (...) Ses yeux étaient fixes et noirs et ses mains si belles (...) Il s'avança au milieu de la pièce, nous couvrant de ses regards terribles et lourds » (p. 48 et 50). À la mort de Mathias, « il se tenait devant les habitants de Malpertuis comme un juge, au moment solennel de la sentence » (p. 85).

La description des sœurs Cormélon les qualifie de « trois mantes religieuses dans l'attente d'un insecte nocturne passant à leur portée ». La mante se transmue en monstre qui agresse

Dideloo et possède les caractéristiques généralement attribuées aux Érinyes. La fonction de ces déesses dans la mythologie est évoquée lorsque, sur le marmouset, s'abat « la formidable main justicière » d'Éléonore Cormélon.

Des détails dans les caractéristiques de Lampernisse et de Tchiek laissent déjà deviner leur identité véritable. Le ténébrion appelle Nancy « déesse » et à plusieurs reprises ses propos, encore mystérieux, font entrevoir l'enjeu des événements qui agitent Malpertuis.

Ainsi que l'écrit Raymond Trousson, « la technique de Jean Ray est celle d'une suggestion progressive du fantastique, d'abord occasionnelle et ambiguë, puis de plus en plus précise jusqu'à devenir description de fantastique réalisé ».

Si ces "annonces" paraissent évidentes à une seconde lecture, la première prise de connaissance du texte bute sur la multiplication des fausses pistes. Tout au long de la première partie (avant « La capture des dieux »), Jean Ray avance incidemment des références à des grilles d'interprétation connues du lecteur, qui se révéleront cependant inopérantes. Le « pli dans l'espace », le diable (le pacte avec le Malin, la maison du Malin), ou même le loup-garou sont des éléments adventices à l'intrigue, à la découverte de l'emprisonnement des divinités. La présence terrifiante du grenier est — in extremis — rapportée au thème central (les marmousets sont les dieux pénates), mais a surtout servi à faire croire que l'explication du mystère se situait dans les combles. Le rôle des Barbusquins trouve une explication (fantômes vengeurs) peu en rapport avec l'effroi que leur évocation et leur apparition suscitaient et avec les affirmations sibyllines de Doucedame-le-Jeune à leur propos. Ces motifs secondaires ont dans l'histoire une double fonction : celle de leurres et celle d'indices du surnaturel. Ils *signifient* le fantastique.

Par le chapitre intercalaire, « La Capture des dieux », le lecteur apprend donc l'enjeu de l'expérience de Cassave ; il lui reste à identifier les dieux captifs. Comme le dit encore R. Trousson, il en sait dorénavant plus que le héros et tremble non plus *avec* Jean-Jacques mais *pour* lui. Mais Jean Ray a plus d'une corde à son arc pour relancer le mystère. L'ambiguïté — et donc l'hésitation de celui qui lit — porte alors sur la crédibilité de ceux qui écrivent. Dès les premières pages, on parle de « mains frémissantes de fièvre », mais, après le chapitre intercalaire, les allusions aux troubles de perception des différents narrateurs se multiplient : le profond état de choc de Jean-Jacques, l'exaltation mystique et les recherches sulfureuses de Doucedame-le-Jeune, la folie du Père Euchère entretiennent un doute sur la véracité des événements. Le narrateur-consignateur entreprend alors de pénétrer dans Malpertuis...

Par rapport à l'autre argument central, le vol des couleurs, l'auteur utilise une autre technique, on pourrait même parler de tactique : la profusion des mentions. Une explication est donnée très tôt dans le livre ; Doucedame-le-Jeune expose la théorie du docteur Misès sur le langage des anges. Le lecteur perçoit rapidement le procédé, analogue à celui des « annonces », de confusion entre le littéral et le figuré, entre le sens concret d'éclairage et le sens abstrait de vérité. Et l'on comprend alors qu'apporter la lumière dans les ténèbres — ce qui est le but de Doucedame-le-Jeune, de Jean-Jacques, du Père Euchère et du cambrioleur —, c'est tout autant faire advenir l'éclairage dans l'obscurité que la vérité dans le mystère. Pourtant, cette question de la lumière est évacuée de l'explication de l'étrange par l'abbé mourant : « J'ai bien peur qu'après vous avoir dit ce que j'ai pu apprendre, vous ne vous sentiez plongé dans des ténèbres plus profondes encore », affirme-t-il. « Qu'importe de comprendre ». Ce à quoi répond le Père Euchère, « Que m'importent ces mystères et même la lumière que vous vouliez y apporter ? »

Si les révélations de Doucedame permettent de donner leur sens à tous les indices de la capture des dieux, elles ne concernent en rien la problématique de la lumière. Ce sera le rôle du cambrioleur que d'« éclairer cette singulière et sombre histoire » en visitant Malpertuis, littéralement avec d'autres yeux (cf. infra). Peut-on y voir une image de la situation même du lecteur ?

Le texte donne donc à choisir, indépendamment des fausses pistes, entre ces deux grilles de compréhension, fonctionnant chacune inversement de l'autre, soit par la simple suggestion, soit par la profusion des indications, et se relativisant l'une l'autre. Où se situe la « vérité » ?

Typiquement rayenne est aussi la façon de présenter l'histoire. La multiplication des narrateurs, l'intrication des récits, la distorsion ainsi introduite entre temps de l'histoire et temps de la narration n'ont pas d'égal dans le reste de l'œuvre. Sept séquences sont identifiables, caractérisées chacune par un changement de narrateur.

1. L'inventaire. Le cambrioleur consigne les documents. Il n'est ni témoin ni acteur.
2. La vision d'Anacharsis. Doucedame-le-Vieil, acteur, se représente en « il ».
3. Les mémoires de Jean-Jacques. Le narrateur est acteur.
4. La capture des dieux. Doucedame-le-Vieil, toujours acteur, passe du « il » au « je ».
5. Suite des Mémoires de Jean-Jacques.
6. Le récit du Père Euchère. Celui-ci parle en « je ».
   Il raconte tout d'abord, en tant que témoin, l'arrivée de Doucedame-le-Jeune. Ensuite, il transcrit le récit de l'abbé. Il assiste enfin comme acteur à la pétrification de Jean-Jacques, à la visite d'Eisengott et à celle de Nicolas Grandsire.
7. Le cambrioleur met la dernière main au manuscrit, toujours dans son rôle de consignateur.
   Ensuite, il devient acteur en pénétrant dans Malpertuis.

Cette multiplication des récits contribue à ne dévoiler que progressivement le mystère tout en maintenant l'intérêt de la lecture, à faire varier les points de vue sur les événements, à recouper les faits — par exemple, l'oiseau dans « La vision d'Anacharsis » et dans les mémoires de Jean-Jacques —, à faire douter jusqu'au bout.

Jean Ray témoigne donc autant par la « théorie », par la

thématique, que par la technique d'une grande maîtrise du code de la littérature fantastique. Un roman contemporain de *Malpertuis, La Cité de l'indicible peur*, l'illustre de façon plus malicieuse, l'auteur jouant là avec les règles du genre. S.T. Triggs, policier en retraite auréolé du prestige de la capture inopinée d'un malfaiteur célèbre, s'installe dans une petite ville paisible. Son arrivée coïncide avec l'apparition d'événements étranges. En définitive, ces faits s'expliquent par la présence même du policier que les habitants croient envoyé pour enquêter sur des crimes non élucidés. Et le tranquille fantôme qui loge à l'administration communale peut enfin retrouver la paix.

UN ROMAN

Au-delà du fantastique et du propos sur le surnaturel, autre chose est à lire dans *Malpertuis*. La loi, la faute, la mort reviennent trop souvent dans l'œuvre de Jean Ray, autant dans les romans d'aventures que dans les récits de l'étrange, pour que ce soient des faits quelconques et qu'on ne les considère que comme des lieux communs du genre. De ces différents points de vue, le personnage du cambrioleur, que l'on ne peut s'empêcher de comparer, *mutatis mutandis*, à la situation de l'écrivain, ne manque pas de susciter certaines interrogations. N'est-ce pas le voleur qui fait advenir le récit de cette expérience surnaturelle, mais qui n'y reste pas aussi étranger qu'il le dit puisqu'il va y voir ? Il hésite à se mettre sur le même plan que les autres narrateurs et pourtant il est intégré dans le même réseau de références. Pourquoi peut-il, à l'inverse de Cassave, Sylvie, Philarète, Jean-Jacques, soutenir le regard de la Gorgone sans être pétrifié, braver la mort ? Ne dit-il pas, en quittant la demeure, qu'il s'évade du sépulcre ? De même relate-t-il son expérience dans Malpertuis, sans conséquences, alors que les autres narrateurs sont punis.

La loi du langage

Dans de nombreux textes, Jean Ray exprime le danger qu'il y a à raconter. Les catastrophes ne se déclenchent dans *La Cité de l'indicible peur* que parce que M. Dove raconte des histoires et que les habitants y mettent une signification qui n'est pas dans le propos du brave homme. De même, les différents protagonistes des *Derniers Contes de Canterbury* meurent à la fin de leur récit. Raconter est dangereux parce que la connaissance du monde parallèle ou surnaturel et le récit de cette découverte sont condamnés par une prescription divine explicitement énoncée à plusieurs reprises.

> Ma bonne Élodie, qui était une femme simple mais de bon sens, répondait à mes vains discours : — Dieu garde ses mystères et punit les hommes qui essayent d'y porter une profane atteinte. (...) Contente-toi, Jean-Jacques, de vivre selon Sa loi, de renoncer à Satan et à ses pompes et de dire tous les soirs, pieusement, ton chapelet (p. 63).
> Qui veut troubler les desseins divins par des discours sans connaissance ? Zacharie (p. 124).

Cette dernière phrase clôt également la nouvelle *Le Psautier de Mayence* [4]. Ces affirmations pourraient n'avoir pas plus de poids que les autres propositions concernant le surnaturel, si ce n'est que, dans ce cas, elles trouvent une actualisation dans la configuration des personnages.

En effet, ceux-ci se distribuent en fonction de leur rapport à la loi. Élodie et Bets, la servante, sont les archétypes des personnages qui respectent la prescription divine : Élodie dit son chapelet, lit son livre d'heures ou les Écritures. Bets prie aussi fréquemment, mais en outre, elle a une « connaissance »

---

[4] Joseph DUHAMEL, « Dire et maudire, *Le Psautier de Mayence* », in *Textyles*, Revue de littérature française de Belgique, n° 4, Bruxelles, juin 1987, pp. 22-36.

non-linguistique de certains mystères. Ainsi, elle sait comment réagir face à la peau du loup-garou prise de convulsions, mais elle ne *dit* rien.

> — Mon Père, gémit-elle, je sais ce que c'est...
> *Elle s'arrêta brusquement de parler*, et ses yeux agrandis par l'effroi se tournaient vers le placard... (Nous soulignons)

Par cette volonté de s'en tenir à la parole sacrée et de ne rien dire d'autre, Élodie et Bets montrent ce qu'est la « vraie » parole qui respecte la loi de Dieu et ne blasphème pas. Mais à suivre ces préceptes, il n'y aurait pas de récit, les seuls livres possibles, c'est-à-dire les Livres Saints, sont déjà écrits. Le récit ne peut donc se faire que dans l'infraction à cette prescription. Comment et avec quels risques ?

Tous ceux, qui à l'inverse de la cuisinière et de la fille d'auberge, tentent de raconter ce qui ne peut l'être sont châtiés : Anacharsis meurt étranglé, Doucedame-le-Vieil doit « rendre des comptes qui font frissonner » et brûle dans « les horreurs de la géhenne » car sa prose « n'est qu'étalage — plein de suffisance — de science maudite, qu'effroyable ramassis de dangereux blasphèmes », le Père Euchère devient fou, Jean-Jacques est pétrifié. L'abbé Doucedame-le-Jeune occupe une situation intermédiaire : c'est un saint homme ayant défendu la gloire de Dieu au prix du sang et de la souffrance, respectueux de la loi divine, mais en même temps il enfreint la prescription en cherchant à comprendre les mystères de Malpertuis et en explicitant les lois de Cassave. Il esquisse cependant la possibilité de raconter sans être châtié. En effet, s'il meurt, c'est d'abord parce qu'il est loup-garou, tare qui provient du sacrilège de son grand-père et non d'une de ses fautes personnelles. Il ne fait ses révélations au Père Euchère qu'après avoir été brûlé comme loup-garou ; ses propos illicites sont donc tenus après qu'un châtiment l'a déjà marqué. Sa sainteté, son esprit de pénitence lui ouvrent un battement dans le temps, entre punition et mort ; il pourra quand même dire, en suspendant mais en n'abolissant pas la sanction. Il lui est cependant impossible d'écrire car « une de ses mains se détacha de son corps, elle était complètement calcinée ».

Le cambrioleur est le seul qui puisse raconter sans être puni. Dans un premier temps, il n'est que l'organisateur du récit des autres, mais il n'a rien fait ni rien dit qui soit répréhensible. La distance aux événements surnaturels, instaurée par la multiplication des narrateurs, dilue la culpabilité. La relation de l'expérience interdite est différée, médiatisée. Doucedame-le-Vieil use de ce procédé dans « La vision d'Anacharsis » : reprenant le récit du marinier, il établit un écart avec les faits, et pour le souligner il se présente comme un personnage à la troisième personne. Lorsque, dans « La capture des dieux », il se rend lui-même sur l'île où il fera d'ailleurs un usage sacrilège de la parole, il marque l'abolition de la distance par un changement de voix narrative, l'abandon du « il » pour le « je haïssable ». Cela provoque la colère du cambrioleur, qui stigmatise celui qui quitte l'ordre de la parole médiate, pour tomber dans le péché. Doucedame-le-Vieil apparaît ainsi comme l'envers négatif du cambrioleur, mais aussi l'exemple que celui-ci craint, car le voleur va supprimer lui aussi cette médiation, devenir acteur.

Comment celui-ci fait-il pour supporter indemne le regard de la Gorgone et raconter quand même cette rencontre avec l'étrange ? Les autres narrateurs ont tous buté sur la question de la compréhension. Ils ont voulu apporter des lumières dans les ténèbres, mais ont échoué (« Qu'importe la lumière », dit Doucedame-le-Jeune). L'on se rappelle que lumière et obscurité doivent être prises, en même temps, dans leurs sens concret et abstrait. Son métier a fait du cambrioleur « une sorte de nyctalope », lui permettant ainsi de dépasser la distinction lumière-ténèbres et vérité-mystère. Il ne s'agit pas pour lui d'apporter la lumière dans les ténèbres, mais de voir à travers elles. La question de l'impossible vérité et de la parole interdite sont ainsi rendues caduques. Au milieu du mystère surgit une parole *hétérogène* au système de la loi, qui n'entraîne pas de culpabilité pour celui qui la profère. Par la parole différée d'abord, par la nyctalopie ensuite, le cambrioleur échappe, dans chacun de ses deux statuts de narrateur, consignateur puis acteur, au danger qu'il y a à raconter.

La mort, le dieu Terme

Du point de vue de l'expiation et de la mort qui est sanction de la faute, le voleur se singularise également. Il raconte pour expier son vol initial chez les Pères Blancs, et le pardon lui est accordé puisqu'il n'encourt aucun châtiment. Mais en outre, il pénètre dans Malpertuis, y supporte le regard de la Gorgone et s'évade du sépulcre. Affirmation à rapprocher de la conversation entre Doucedame-le-Jeune et Jean-Jacques.

> (...) le passé appartient à la mort, qui est jalouse de son bien.
> — Elle a bien dû laisser Lazare lui échapper, répondais-je.
> — Petit malheureux, veux-tu bien te taire !
> — Mais Lazare n'était pas bavard... Ah, s'il avait pu laisser des Mémoires ! (p. 62)

Le cambrioleur, lui, sort de la tombe et il laisse des Mémoires.

D'autre part, il vole le dieu Terme. Or, celui-ci occupe une place particulière dans le roman, alors qu'il n'entre pas dans les explications de l'abbé Doucedame. Il se présente sous l'aspect d'une statue de pierre, déjà mort. Dieu des limites parce qu'il est mort, il marque la frontière, dans Malpertuis, entre lumière et obscurité : près de lui brûle en permanence une veilleuse, et lorsque Jean-Jacques assiste à « la lente mort » des lampes, celle-ci ne s'éteint que parce que le jeune homme la retire de son socle et l'emmène dans les escaliers. La statue du dieu garantit donc l'étanchéité de la limite entre les deux univers de Malpertuis.

Il apparaît aussi comme « le symbole de l'honnêteté rurale du grand passé ». Et ce n'est pas le moindre paradoxe de voir ce symbole de probité dérobé par le cambrioleur nyctalope.

Celui-ci vole donc la mort, le dieu pétrifié garant de la distinction des mondes.

Par rapport à Cassave, grand maître es sciences occultes, qui a tenté l'expérience de l'immortalité et n'y a pas réussi, le cambrioleur se distingue, paradoxalement, en ne respectant pas la loi divine et, par là même, dépasse la limite ultime, le terme qu'est la mort. Le créateur d'histoires écrit pour échapper à la mort.

L'on pourrait encore montrer que les réseaux métaphoriques qui se construisent autour du regard, de l'eau, de la pierre isolent tout autant le cambrioleur dans sa fonction de raconteur d'histoires. Dans le contexte d'une littérature romanesque où le débat portait essentiellement sur la question du réalisme, le fantastique a représenté pour Jean Ray un moyen d'exprimer, sans les contraintes du vraisemblable, sa problématique de la loi, de la faute, de la mort et sa conception de l'écriture.

LA MYTHOLOGIE DE *MALPERTUIS*

Les dieux olympiens

Zeus (Eisengott). Zeus est le dieu souverain, père des dieux et des hommes, seigneur du ciel, qui rassemble les nuages et manie la foudre ; son pouvoir est supérieur à celui des autres divinités. Il est l'organisateur du monde, extérieur et intérieur ; c'est de lui que dépend la régularité des lois physiques, sociales, morales. L'éclair qu'il lance symbolise l'intelligence, la foudre, la colère de dieu. Il est justicier mais pas omnipotent : le Destin paraît parfois plus puissant que lui. L'aigle est son oiseau favori.

Héra (Mère Groulle). Femme de Zeus, elle est la protectrice du mariage et des femmes mariées en particulier. Elle poursuit de sa haine les autres femmes que Zeus a aimées.

Aphrodite (son identification à la femme de Griboin reste douteuse). Déesse de l'Amour et de la Beauté, née de l'écume de la mer, elle séduit et trompe chacun, tant homme que dieu. Elle est l'épouse d'Héphaïstos.

Héphaïstos (Griboin). Fils d'Héra, parfois d'Héra et de Zeus, Héphaïstos est le seul immortel hideux et difforme. Il est maître des arts du feu, l'ouvrier des dieux, et, à ce titre, est chargé par Zeus de clouer Prométhée au flanc du Caucase.

Apollon (Mathias Krook). Fils de Zeus, il est le dieu musicien de l'Olympe, le guérisseur qui apprit aux hommes l'art de la médecine, mais surtout le dieu de la lumière, « celui en qui nulle ombre ne demeure — et c'est ainsi qu'il devint le dieu de la vérité ».

Les dieux non-olympiens

Les Titans (représenté par le seul Tchiek). Les Titans sont les enfants d'Ouranos (le ciel) et de Gaïa (la terre) ; nombreux, ils sont de très grande taille et d'une force prodigieuse. À l'appel de Gaïa, Chronos, l'un de ceux-ci, lutte contre son père et lui inflige une blessure (du sang de laquelle naissent les Erinnyes). Chronos règne alors sur l'univers avec son épouse Rhéa. Un de ses fils, Zeus, se rebelle contre lui ; une guerre terrible s'ensuit entre Chronos aidé de ses frères les Titans, et Zeus, secondé par ses frères et sœurs, tous les dieux du ciel, de l'océan et des enfers, ainsi que par Prométhée, fils du Titan Japet. Les Titans sont vaincus, et Zeus devient le roi des dieux.

Prométhée (Lampernisse). Au moment de la création de l'homme, Prométhée dut pallier l'imprévoyance de son frère Epiméthée qui avait distribué les meilleurs dons aux animaux. Il crée l'homme debout, pour qu'il puisse regarder le ciel et non le sol comme les bêtes, mais surtout, il dérobe le feu céleste qu'il offre à l'humanité naissante. Zeus, qu'il avait pourtant aidé dans la lutte contre Chronos et les Titans, ne le lui pardonne pas et ordonne de l'enchaîner. L'aigle du roi des dieux vient éternellement manger le foie du bienfaiteur du genre humain.

Euryale. Une des trois Gorgones, avec Méduse et Sthéno, monstres à la tête auréolée de serpents en colère. Leur regard change les humains en pierre. Méduse seule est mortelle. Pour les dieux comme pour les hommes, elles sont objets d'épouvante.

Les Érinyes (les sœurs Cormélon). Les Érinyes (Tisiphone, Mégère et Alecto) sont des démons du monde souterrain, nées du sang de Chronos. « Gardiennes des lois de la nature et de l'ordre des choses (physique et moral) », elles punissent tous « ceux qui outrepassent leur droit, aux dépens des autres, chez les dieux comme chez les hommes ». Elles sont les divinités vengeresses du crime ; elles poursuivent les hommes en semant l'épouvante dans leur cœur. Elles ne reconnaissent pas l'autorité de Zeus.

Les Euménides : nom donné en Attique, par antiphrase, aux Érinyes. C'est également le titre d'une tragédie d'Eschyle dans laquelle, Athéna, apaisant les Érinyes en leur offrant un culte à Athènes, les transforme en Euménides (les bienveillantes).

Les dieux pénates (les marmousets). Dieux romains, les pénates sont les divinités gardiennes du foyer, particulières à chaque famille.

Le Destin, Moïra. Le Destin, agissant à côté des dieux ou même au-dessus d'eux, réfère à un ordre plus ancien que celui des Olympiens. « Plus que le destin, le nom commun de *moïra* désigne la part du butin, de la nourriture, d'héritage. *Moïra* est la puissance religieuse qui définit à la fois la part attribuée à chacun — ce qui fonde son statut social, sa place dans l'ordre hiérarchique —, et la limite assignée à chacun, la barrière à ne pas franchir. Tantôt l'accent est mis sur l'ordre constitué, sur la répartition, sur la mise en place des êtres, tantôt sur l'ordre constituant, c'est-à-dire l'équilibre, l'ajustement, la réciprocité des parts. Toute rupture de l'ordre, tout crime dans l'ordre animal, dans le monde des hommes ou celui des dieux, met en mouvement les Erinyes, gardiennes de l'ordre cosmique. »

MALPERTUIS, LE FILM

Adapter au cinéma une œuvre usant à ce point des ressources du récit romanesque tel que le fait *Malpertuis* ne va pas sans poser de grandes difficultés de transposition. Harry Kümel a tenté le pari en 1972. Son film apparaît comme une intéressante interprétation du livre de Jean Ray :

Yann, un jeune marin, débarque d'un bateau, espionné par Mathias et Dideloo. Celui-ci est mandaté par Cassave pour attirer le jeune homme vers Malpertuis et tient des propos énigmatiques sur le destin qui l'y attend. Yann recherche d'abord sa maison natale mais découvre que, durant son voyage, elle a été transformée en magasin d'articles de pêche. Apercevant une silhouette qu'il prend pour celle de sa sœur Nancy, il la suit sans pouvoir la rattraper et aboutit dans un bar pour marins : celle qu'il poursuivait, Bets, y est serveuse. À l'instigation de Dideloo, une bagarre éclate au cours de laquelle Yann est assommé. Il se réveille à Malpertuis, où il voit sa sœur. Sa première idée est de fuir la demeure, mais Nancy s'y refuse. Yann décide de rester, d'abord pour la protéger, ensuite parce qu'il rencontre Euryale. La présentation des habitants se fait autour du lit de l'oncle Cassave mourant. Celui-ci dicte son testament.

La vie s'organise à Malpertuis. Le jeune marin prend petit à petit conscience des mystères de la demeure : l'atelier de Philarète, la présence étrange au grenier. Lors d'une exploration des souterrains, il découvre le corps de pierre de Cassave.

Euryale, qui tient les yeux toujours obstinément baissés lève, un jour, le regard vers lui, par le biais d'un miroir au salon. La rivalité entre Euryale et Alice s'aiguise. Dideloo poursuit celle-ci de ses assiduités.

Nancy décide de quitter la demeure avec Mathias Krook dont elle est amoureuse. Celui-ci meurt, cloué au mur, et Nancy s'en va. Lors d'une fête des masques, Dideloo est tué par un monstre.

Euryale, découvrant la relation entre Yann et la cadette des sœurs Cormélon, désire, elle aussi, quitter Malpertuis. Le jeune homme la suit. Cela déclenche au salon une scène étrange. Alice refuse de se laisser appeler Alecta (« Je suis une femme »), les personnages prennent des attitudes effrayantes, le tricot que faisaient les sœurs Cormélon se transforme en paquet de serpents. Eisengott intervient. Dans les couloirs, Yann embrasse Euryale en fermant les yeux ; quand il les rouvre, il se retrouve au jardin. Doucedame l'oblige à fuir ; ils sont, en effet, tous deux poursuivis par les dieux. L'abbé est brûlé par Griboin et Yann s'enfuit par un souterrain. Au bout de celui-ci, il entrevoit brièvement le regard d'Euryale, puis perd connaissance.

À nouveau il se réveille, chez Bets, blessé au front, et dans la tenue qu'il portait lors de la bagarre du cabaret. Le docteur Mandrix-Eisengott vient l'y soigner. Se promenant dans les rues de la petite ville, Yann est appelé par un jeune enfant qui, s'esquivant sans cesse (alors qu'il se déplace avec une béquille), le ramène en face de Malpertuis. Il y retrouve d'abord Lampernisse-Prométhée puis Philarète qui entreprend de le naturaliser. Survient alors Euryale, et le taxidermiste est pétrifié. La jeune femme explique le secret de Malpertuis et dévoile les visages des personnages qui se révèlent être des statues de pierre. Euryale embrasse à nouveau Yann, mais à ce moment, elle pleure.

Le film bascule alors brutalement. Des images de la vie moderne montrent qu'un saut dans le temps s'est opéré. La séquence s'ouvre sur l'avion Concorde, dont le nom est ici hautement significatif. La scène se déplace dans une ambulance puis à l'hôpital. Un jeune homme, qui a les traits de Yann, remet un manuscrit à un médecin qui le déclare guéri. Toute l'histoire qui a été montrée ne serait-elle donc que le délire d'un homme malade ? D'autant que le personnel hospitalier et d'autres patients ressemblent aux dieux de Malpertuis. Jane, l'épouse du jeune homme, l'attend ; elle aussi accuse une ressemblance avec les trois femmes de la maison maudite. Elle le conduit dans les caves de l'hôpital. Une dernière porte qu'elle referme sur lui ramène l'homme dans Malpertuis où il s'entend et se voit marcher, vêtu en marin, comme au départ.

La première difficulté rencontrée par l'adaptateur consiste à trouver un équivalent à la multiplication des narrateurs qui entraîne une hésitation quant à la crédibilité des faits racontés par chacun d'eux. Kümel présente alternativement deux solutions possibles : l'homme délire, ce qui expliquerait de façon plausible les événements étranges ; ou, au contraire, ces faits se sont réellement produits, et ils restent dès lors inexplicables. Faisant se réveiller une seconde fois Yann blessé dans la chambre de Bets, le réalisateur induit chez le spectateur le sentiment que les événements dans Malpertuis sont le fait du coup reçu sur la tête par le jeune homme. Celui-ci, retournant dans le « réel », retrouve cependant la maison maudite ; l'explication par le délire perd de sa pertinence (d'autant que c'est à ce moment qu'Euryale explique le mystère de Malpertuis). La séquence contemporaine à l'hôpital concourt à accréditer la thèse de la perturbation mentale. L'hésitation est cependant définitivement relancée dans les dernières images : le jeune homme se retrouve encore une fois dans Malpertuis.

Le réalisateur renforce cette ambiguïté en utilisant une technique propre au cinéma qui ne peut trouver d'équivalent en littérature. Il fait jouer à l'actrice Susan Hampshire quatre rôles différents : Nancy, Euryale, Alice et la femme de l'homme hospitalisé. C'est le personnage et non le narrateur qui se dédouble ici. Deux hypothèses se disputent à nouveau la perception du spectateur. On peut considérer que le malade exprime inconsciemment la difficulté des rapports avec son épouse, en la démultipliant dans son récit délirant. À la fin de la cure et alors qu'on le croit guéri, le fait de retrouver Jane relance tout aussitôt son trouble.

Mais, si l'on privilégie une interprétation surnaturelle, il peut s'agir également d'un ultime maléfice de la maison infernale. Et dans cette optique, la conjonction des rôles sur une seule actrice prend un autre sens. Si, tout au long du film, les vêtements et le maquillage permettent de distinguer les trois personnages de la sœur, de la cousine qui séduit mais se refuse et de l'amante extérieure à la famille, quel pôle de ce triangle représente la jeune femme contemporaine que les vêtements n'individualisent plus ? Euryale, Alice, Nancy, ou quelque chose des trois à la fois ? Kümel met ainsi l'accent sur une problématique que le roman dessine en creux, mais qui est cependant centrale dans l'univers de Jean Ray : la place du féminin. L'attachement de Jean-Jacques à sa sœur, à sa cousine Euryale et à Alice, ainsi que l'accent souvent mis par Cassave sur l'hérédité, dissimulent mal l'absence de toute référence maternelle. Le roman suggère seulement qu'Anselme Grandsire, le grand-père, a eu un enfant d'une des déesses capturées. Mais rien n'est dit à propos de la mère, la femme de Nicolas Grandsire. Cette confusion des rôles féminins dans le film met en exergue, de façon particulièrement heureuse, cette question que le texte laisse en blanc.

La rhétorique propre au cinéma permet aussi de laisser planer une ambiguïté à propos d'un des aspects où le roman lui-même hésite. Le livre balance entre liberté et destin ; la destinée est-elle inéluctable ? L'amour peut-il vaincre Moïra ? Le film insiste à plusieurs reprises sur l'accomplissement nécessaire de ce qui est déterminé d'avance. Mais lors de la révolte des dieux dans le salon, le jeu de l'acteur qui incarne Eisengott et le montage font en sorte que l'attitude de Zeus est équivoque : mène-t-il les autres ou, au contraire, tente-t-il de les calmer ? Peut-il empêcher la colère des dieux ou participe-t-il à ce déchaînement de violence qu'il ne peut contrôler parce qu'il est de l'ordre du destin?

Sur le problème du destin, sur l'image de la femme, sur la façon de relancer l'ambiguïté et l'hésitation, la réalisation d'Harry Kümel offre ainsi d'intéressantes pistes de comparaison du récit littéraire et du récit cinématographique.

~

Trois états du film coexistent. Seule la version néerlandaise, montée par Kümel, est reconnue par lui. Des différences sensibles apparaissent entre les trois montages. La cassette vidéo actuellement disponible reprend, malheureusement, la version française. Le réveil de Yann chez Bets n'y apparaît pas, ce qui change fortement le sens de son «retour» à Malpertuis. La blessure qu'il porte au front devient dès lors inexplicable. La Cinémathèque royale de Belgique dispose, sous la forme d'un film 35 mm, de la version néerlandaise sous-titrée.

Fiche technique

Réalisateur: Harry Kümel
Adaptation et dialogues: Jean Ferry
Images: Gerry Fischer B.S.C.
Musique: Georges Delerue (La chanson de «Bets» est composée par Eddie Vartan).
Producteur exécutif: Paul Laffargue.
Coproduction: SOFIDOC (Bruxelles), Société d'expansion du spectacle (Paris), Artemis Film (Berlin), les Productions Artistes Associés (Paris).
Distribution: Les Artistes Associés.
Interprètes principaux: Orson Welles (Cassave), Susan Hampshire (Nancy, Euryale, Alice, Jane), Michel Bouquet (Dideloo), Mathieu Carrière (Yann), Jean-Pierre Cassel (Lampernisse), Sylvie Vartan (Bets), Ward de Ravet (Doucedame), Johnny Hallyday (un marin).

ÉLÉMENTS BIOGRAPHIQUES

1887 : Naissance à Gand de Raymond Jean Marie De Kremer. Il réside dans cette ville jusqu'à la fin de l'école primaire.

1901 : Il est pensionnaire à Pecq dans le Tournaisis.

1904 : Il est admis à l'École normale de l'État à Gand, mais ne réussit pas les examens ; il entre dans l'Administration.

1910 : Il commence à publier dans diverses revues.

1925 : Parution des *Contes du whisky*, à la Renaissance du Livre.

1926 : Condamnation pour abus de confiance.

1931 : Il entre dans l'équipe des collaborateurs de l'abbaye d'Averbode et publie sous le nom de John Flanders des romans d'aventures et des textes pour les jeunes ; il en écrira jusqu'à la fin de sa vie.

1933 : Publication de ses premiers *Harry Dickson*.

1942 : Parution du *Grand Nocturne* chez les Auteurs associés.

1943 : *Les Cercles de l'épouvante, Malpertuis* et *La Cité de l'indicible peur*.

1944 : *Les Derniers Contes de Canterbury*.

1947 : *Le Livre des fantômes*.

1952 : Début de la collaboration aux *Cahiers de la Biloque*, revue gantoise d'humanisme médical dirigée par le Docteur Urbain Thiry qui le met en contact avec Michel de Ghelderode. La revue *Fiction* publie *La Ruelle ténébreuse*.

1955 : Les Éditions Denoël éditent *Malpertuis*.

1960 : Il rencontre le cinéaste Alain Resnais qui se propose d'adapter *Harry Dickson* à l'écran (projet non abouti) et participe dès cette année à diverses émissions de radio et de télévision.

1961 : Les Éditions Marabout publient les *Vingt-cinq meilleures histoires noires et fantastiques*, puis entreprennent de rééditer ses principaux livres.

1963 à 1966 : Les Éditions Laffont publient quatre tomes d'*Œuvres complètes*.

1964 : Mort de Jean Ray.

1972 : Harry Kümel porte *Malpertuis* à l'écran.

CHOIX BIBLIOGRAPHIQUE

La liste suivante ne propose que les textes récemment réédités. Pour des références plus précises, nous renvoyons à la revue *Phénix* qui reprend en outre une bibliographie des bibliographies de Jean Ray.

1. ŒUVRES

Sous le nom de Jean Ray

Les Contes du whisky, (1925), Bruxelles, Claude Lefrancq, 1996.

Harry Dickson, L'intégrale, Paris, Nouvelles éditions Oswald, 1984-1986.

La Croisière des ombres (1932), Paris, Nouvelles éditions Oswald, 1984.

Jack-de-minuit (1932), Bruxelles, Claude Lefrancq éditeur, 1991.

Le Grand Nocturne (1942), Bruxelles, Éditions Labor, collection Espace Nord n° 13, 1984; collection Babel n° 10, 1989.

Les Cercles de l'épouvante (1943), Bruxelles, Éditions Labor, collection Espace Nord n° 13, 1984; collection Babel n° 10, 1989.

Malpertuis (1943), Bruxelles, Éditions Labor, collection Espace Nord n° 88, 1993.

La Cité de l'indicible peur (1943), Paris, Nouvelles éditions Oswald, 1985.

Les Derniers Contes de Canterbury (1944), Paris, Nouvelles éditions Oswald, 1985.

La Gerbe noire (1947), Paris, Nouvelles éditions Oswald, 1984.

Le Livre des fantômes (1947), Bruxelles, Claude Lefrancq, 1997.

L'Ogre de Stockton (1951), Bruxelles, Recto-Verso, 1988.
Le Carrousel des maléfices (1964), Paris, Nouvelles éditions Oswald, 1985.
Les Contes noirs du golf (1964), Bruxelles, Claude Lefrancq, 1996.
Visages et choses crépusculaires, Paris, Nouvelles éditions Oswald, 1982.
La guillotine ensorcelée : deux aventures inédites de Harry Dickson, Bruxelles, Claude Lefrancq, 1993.
Les histoires étranges de la Biloque, Bruxelles, Claude Lefrancq, 1997.
Le Psautier de Mayence, Paris, Mille et une nuits, 1997. (Nouvelle extraite de *Le grand nocturne.)*
Harry Dickson. Trois récits fantastiques, Bruxelles, Labor, Espace Nord Junior 5, 1997.
Les éditions Claude Lefrancq ont entamé en 1994 la publication de *Tout Harry Dickson.* D'autre part, la collection « Librio » publie régulièrement des aventures d'Harry Dickson.

Sous le nom de John Flanders

Les Feux follets de Satan (Spoken op de ruwe heide, 1935), Paris, Nouvelles éditions Oswald, 1986.
La Neuvaine d'épouvante (1946), Paris, Nouvelles éditions Oswald, 1985.
La Bataille d'Angleterre (1947), Troesnes, Corps 9 éditions, 1985.
L'Île noire (Het zwarte eiland, 1948), Paris, Nouvelles éditions Oswald, 1986 ; rééd. Bruxelles, Labor coll. Espace Nord Junior 17, 1998.
La Brume verte (Geheimen uit het Noorden, 1948), Paris, Nouvelles éditions Oswald, 1985.
Les Joyeux Contes d'Ingoldsby (1954-61), Bruxelles, Claude Lefrancq éditeur, 1992.
Le Monstre de Borough (1965), Paris, Tournai, Casterman, collection L'ami de poche, 1985.
Visions nocturnes, Paris, Nouvelles éditions Oswald, 1984.

Visions infernales, Paris, Nouvelles éditions Oswald, 1984.
La Malédiction de Machrood, Paris, Nouvelles éditions Oswald, 1984.
L'Élève invisible et autres enquêtes de Edmund Bell, Bruxelles, Claude Lefrancq éditeur, 1985.
Les Contes du Fulmar, Paris, Nouvelles éditions Oswald, 1986.
La Vallée du sommeil, Troesnes, Corps 9 éditions, 1986.
La Nef des bourreaux, Paris, Nouvelles éditions Oswald, 1987.
L'ombre rouge, et autres enquêtes d'Edmund Bell, Bruxelles, Claude Lefrancq, 1992.

2. OUVRAGES CRITIQUES
Sur Jean Ray

Jacques CARION, *Jean Ray*, Bruxelles, Éditions Labor, collection Un livre une œuvre, 1986.
Textyles, revue de littérature française en Belgique, n° 4 ; Lectures de Jean Ray, Bruxelles, juin 1987 ; rééd. des n° 1 à 4, 1997.
Phénix, n° 32 : Les fous de Jean Ray, Racour, Septembre 1992. (Très utile bibliographie sélective).
Arnaud HUFTIER, *John Flanders-Jean Ray, l'unité double*, Jambes, le Hêtre pourpre, La bibliothèque d'Alice, 1998.

Sur le fantastique

Pierre YERLES, Marc LITS, *Le Fantastique, Vade-mecum du professeur de français*, Bruxelles, Didier Hatier, collection Séquences, 1990.

TABLE

Dans la même collection

L'INSTRUCTION - Peter Weiss
1. LE BOURGMESTRE DE FURNES - Georges Simenon*
2. PELLÉAS ET MÉLISANDE - Maurice Maeterlinck
3. LA NUIT DANS LES YEUX - Constant Malva
4. TRIPES D'OR - Fernand Crommelynck*
5. LA LÉGENDE D'ULENSPIEGEL - (livre 1) Charles De Coster
6. LA COMTESSE DES DIGUES - Marie Gevers*
7. FRAGMENTS - Paul Nougé
8. LE REPAS CHEZ MARGUERITE - Hubert Juin
9. BARABBAS/ESCURIAL - Michel de Ghelderode
10. INCANDESCENCES - Marcel Moreau
11. ON A BEAU DIRE - Paul Neuhuys
12. LE PERCE-OREILLE DU LUXEMBOURG - André Baillon*
13. LE GRAND NOCTURNE - Jean Ray*
14. THÉÂTRE - Jean Louvet
15. LA LÉGENDE D'ULENSPIEGEL - (livres 2-5) Charles De Coster
16. BLESSURES - Paul Willems
17. REMUER CIEL ET TERRE - Norge
18. LES CONTEURS DE WALLONIE - (Tome I)
19. LA MAISON DES VEILLES - Stanislas-André Steeman
20. LA RÉGION DU CŒUR - Fernand Dumont
21. LA FEMME DE GILLES - Madeleine Bourdouxhe*
22. À COR ET À CRI - Achille Chavée
23. LES VILLAGES ILLUSOIRES - Émile Verhaeren
24. GULDENTOP - Marie Gevers
25. ÇA RIME ET ÇA RAME - Anthologie thématique
26. L'ENRAGÉ - Dominique Rolin
27. LA CONQUÊTE DE PRAGUE - Jacques-Gérard Linze
28. LE PENDU DE SAINT-PHOLIEN - Georges Simenon
29. FOLIES DOUCES - Charles Plisnier
30. LE TRÉSOR DES HUMBLES - Maurice Maeterlinck
31. LA FIN DES BOURGEOIS - Camille Lemonnier
32. OLIVIA - Madeleine Ley
33. LE MAUGRÉ - Maurice des Ombiaux
34. LA DÉCHIRURE - Henry Bauchau
35. ÉRASME - Marie Delcourt
36. LA TRUIE - Thomas Owen
37. BRUGES-LA-MORTE - Georges Rodenbach*
38. LE NAÏF - Franz Hellens
39. NOUVELLES DU GRAND POSSIBLE - Marcel Thiry*
40. PRINTEMPS CHEZ DES OMBRES - Alexis Curvers
41. CHANSON DE LA RUE SAINT-PAUL - Max Elskamp
42. KEETJE - Neel Doff
43. TERRE D'ASILE - Pierre Mertens*
44. LE COCU MAGNIFIQUE - Fernand Crommelynck
45. LUDO - Conrad Detrez

46. MAÎTRES ET MAISONS DE THÉ - Werner Lambersy
47. LE JOKER - Jean Muno
48. DON JUAN - Charles Bertin
49. LES JUMEAUX MILLÉNAIRES - Maud Frère
50. LES SAISONS - François Jacqmin
51. LES VAGUES PEUVENT MOURIR - Charles Paron
52. L'EMPLOYÉ - Jacques Sternberg
53. DÉLIVREZ-NOUS DU MAL - Robert Vivier
54. LES CONTEURS DE WALLONIE - (tome II)
55. LA VILLE À VOILE/LA VITA BREVE - Paul Willems
56. JE SOUSSIGNÉ, CHARLES LE TÉMÉRAIRE,
    DUC DE BOURGOGNE - Gaston Compère
57. LE PAIN NOIR - Hubert Krains
58. MES ÉCARTS - Charles-Joseph de Ligne
59. RÊVE DE NE PAS PARLER - Jacques Sojcher
60. LA CELLULE 158 - Jean Tousseul
61. MES INSCRIPTIONS - Louis Scutenaire
62. LE DIVERTISSEMENT PORTUGAIS - Suzanne Lilar
63. BLAISE MÉNIL MAINS DE MENTHE - Jean-Pierre Otte
64. PUBÈRES, PUTAINS - Jean-Pierre Verheggen
65. LA PLUIE À RETHEL - Jean-Claude Pirotte
66. FALSCH/SUR LES RUINES DE CARTHAGE - René Kalisky
67. LES SANGLIERS - Hubert Juin
68. VOYOUS DE VELOURS - Georges Eekhoud
69. OCCUPE-TOI D'HOMÉLIES - André Blavier
70. LE MARIAGE DE Mlle BEULEMANS - Fonson et Wicheler
71. L'ÉCOLE BELGE DE PEINTURE. 1830-1905 - Camille Lemonnier
72. ÉCRITS - Camille Goermans
73. LA PATRIE EMPAILLÉE - Jacques Izoard
74. MADAME ORPHA - Marie Gevers
75. LE RÉGIMENT NOIR - Henry Bauchau
76. CONTES HORS DU TEMPS - Charles Van Lerberghe
77. L'HORLOGER D'EVERTON - Georges Simenon
78. LA MAISON, LA FORÊT - Dominique Rolin
79. AU-DELÀ DES GESTES - Marcel et Gabriel Piqueray
80. RÉCITS DE L'ARDENNE - Marcellin La Garde
81. LES BONS SAUVAGES - Jacqueline Harpmann
82. LA DANSE DU FUMISTE - Paul Emond
83. MÉMOIRES D'UN ANGE MALADROIT - Francis Dannemark
84. NU-TÊTE - Anne François
85. MONGOLIE PLAINE SALE - Eugène Savitzkaya
86. TREIZE HOMMES DANS LA MINE - Pierre Hubermont
87. LE LIVRE DES PLAISIRS - Raoul Vaneigem
88. MALPERTUIS - Jean Ray
89. LES FANTÔMES DU CHÂTEAU DE CARTES - Marcel Mariën
90. LA GRANDE ROUE - Jacques De Decker

* Disponible dans la collection BABEL (Labor/Actes Sud/L'Aire)

La composition de ce volume a été réalisée
par TOURNAI GRAPHIC.

Achevé d'imprimer en janvier 1999
sur les presses de l'IMPRIMERIE CAMPIN
à Tournai (Belgique)
pour le compte des ÉDITIONS LABOR